PETIT PAYS

小小国

〔法〕加埃尔·法伊————著
张 怡————译

Petit pays by Gaël Faye
© Editions Grasset & Fasquelle, 2016
Current Chinese translation rights arranged through Divas International, Paris
Simplified Chinese translation copyright © People's Literature Publishing House, 2017
All rights reserved

图书在版编目（CIP）数据

小小国/（法）加埃尔·法伊著；张怡译.—北京：人民文学出版社，2017
ISBN 978-7-02-013301-7

Ⅰ.①小… Ⅱ.①加… ②张… Ⅲ.①长篇小说—法国—现代 Ⅳ.①I565.45

中国版本图书馆 CIP 数据核字（2017）第 213518 号

责任编辑	翟 灿 刘 彦
装帧设计	李思安
责任印制	王景林

出版发行	人民文学出版社
社　　址	北京市朝内大街 166 号
邮政编码	100705
网　　址	http://www.rw-cn.com
印　　刷	三河市鑫金马印装有限公司
经　　销	全国新华书店等
字　　数	116 千字
开　　本	850 毫米×1168 毫米　1/32
印　　张	6.875　插页 5
印　　数	1—10000
版　　次	2018 年 1 月北京第 1 版
印　　次	2018 年 1 月第 1 次印刷
书　　号	978-7-02-013301-7
定　　价	32.00 元

如有印装质量问题，请与本社图书销售中心调换。电话：010-65233595

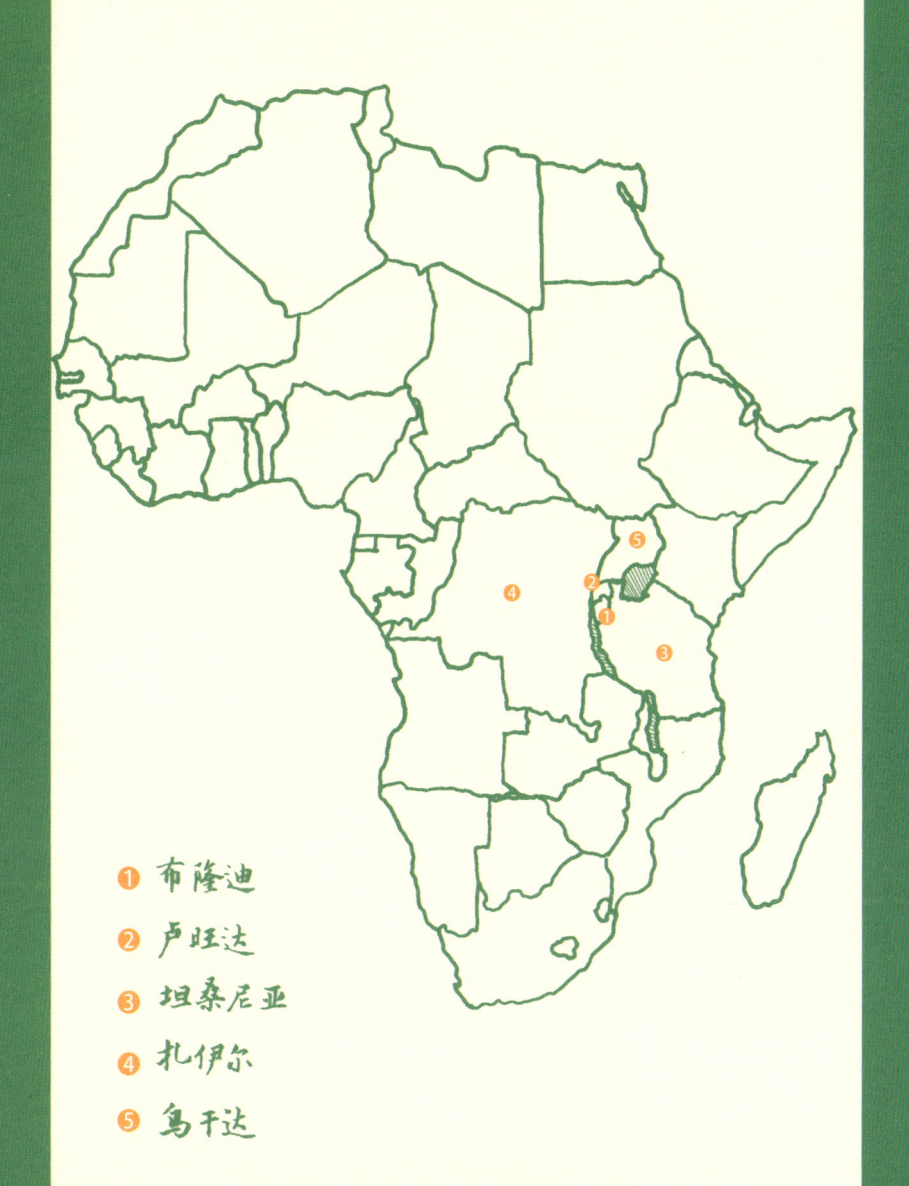

❶ 布隆迪
❷ 卢旺达
❸ 坦桑尼亚
❹ 扎伊尔
❺ 乌干达

PETIT PAYS

乌干达

基伍湖

卢旺达

○基加利

吉塔拉马

布卡武 尚古吉
布加拉马 布塔雷

扎伊尔

锡比托凯

布隆迪

布琼布拉

鲁蒙盖

坦桑尼亚

坦噶尼喀湖

PETIT PAYS

译者前言

我没有一天不想起那个国度。转瞬即逝的声音、弥漫的气味、下午的阳光、一个动作,偶尔一种静谧的氛围,都足以唤醒我的童年记忆。

《小小国》是法国青年作家加埃尔·法伊于2016年8月出版的处女作,作家以亲身经历为蓝本,描写了二十世纪九十年代初,主人公加布里耶和家人、朋友在非洲东部大湖区的布隆迪经历的童年往事。书名"小小国"(Petit pays),其中的petit一词,一方面指故事的发生地布隆迪和卢旺达两国都是小小的国家,另一方面则饱含情感色彩,意指本书也是一部由孩子的视角写成的回忆体小说。

十岁的小男孩加布里耶,和爸爸米歇尔、妈妈伊冯娜、妹妹阿娜一家人生活在布隆迪的首都布琼布拉。他们住的地方叫"死胡同"。加布里耶的爸爸是法国人,出生在东南部汝拉山区的一个小村庄。成年后前往非洲,之后留在布隆迪搞建筑工程。妈妈原是卢旺达的图西族人,为躲避战乱,和部分家人逃离祖国,暂居布隆迪。"死胡同"里还住着和加布里耶同龄的另外四个小男孩,吉诺、阿尔芒,还有双胞胎兄弟。这群小伙伴在课余组成一支小团队,时常在"死胡同"周围一同闲逛、冒险。作者饱含温情,用活泼流畅的语言,回忆与家人朋友共度的美好童年时光。无论是和小伙伴们制作长杆偷取邻居家的芒果,再把它们卖给原来的主人换钱,还是一家人邀请邻居,用打猎得来的鳄鱼烤肉,为加布里耶举行盛大的生日庆祝会,童年里种种平凡却不平淡的趣事,经由作者绘声绘色地娓娓道来,令人掩卷之余,不由莞尔。此外,加布里耶与法国小姑娘萝拉充满童趣的通信,基伍湖与坦噶尼喀湖秀美壮丽的自然风光,基巴拉广袤森林中烧陶山民的淳朴生活,布隆迪当地绚丽多彩的风土人情,在作者看似信马由缰的笔下,都别具一番风味。

然而,加布里耶幸福的童年生活同时也是脆弱、短暂的。一方面,冲突的隐患始终深埋在这个跨越国籍和种族结合的家庭里。尽管爸爸和妈妈当初也曾彼此吸引、相爱,但他们始终缺乏共同的生活理想,两人的结合在粗糙而凶猛的现实面前不堪一击。妈妈伊冯娜曾背井离乡,经历过战争的创伤,希望能够带着孩子前往欧洲过平静的生活,而爸爸米歇尔却不肯舍弃在非洲的事业和优渥的生活,坚持要一家人留在布隆迪。加布里耶眼睁睁地看着爸爸妈妈两个人越来越疏远,看着幸福"浑身涂满了鲁蒙盖工厂流淌出的棕榈油,刺溜一下,从我的手中溜走"。他很想做点什么,但又无能为力。另一方面，加布里耶父母间的矛盾，随着时局越来越紧张而不断升级，在某种程度上它是动荡不安的时代心理在普通人身上的具象投影。正如作者在小说中写到的那样，"在平静的表象下，在微笑和乐观主义的高谈阔论背后，晦暗且隐秘的力量正不断地发酵，策动暴力活动和毁灭计划。它们一如恶劣的狂风，每隔一段时间便会按期降临：一九六五年、一九七二年、一九八八年。一个阴森的幽灵按照固定的间歇，不请自来，好让人们记起和平不过是两次战争间短暂的中场休息。"

这里也许需要补充交代一点历史背景。加布里耶一家人生活的布隆迪虽然只是非洲中部一个小小的国家，国土面积还不及两个北京大，但由于复杂的历史地理因素的影响，布隆迪自1962年独立以来，政局经历多次剧烈的变动。政变周期性地发生，暗杀活动甚嚣尘上，图西族与胡图族间的种族冲突伴随着政权更迭不断升级，给生活在这片土地上的人们带去深重的不幸与苦难。《小小国》所写的故事，正发生在布隆迪局势最为动荡的二十世纪九十年代初。

1993年6月，布隆迪依照新宪法，举行历史上第一次全民投票的总统选举，结果由布隆迪民主阵线的胡图族领导人恩达达耶当选。这次选举对布隆迪的政治格局产生了长远而深刻的影响，然而我们并不能单纯从民主进步的角度来理解它。在小说中，爸爸米歇尔得知选举结果后说："这不是民主的一次胜利，这只是种族效应的作用……你比我更清楚在非洲，这是怎么一回事，宪法无足轻重……"为什么说选举结果只是种族效应的作用呢？理由很简单。因为胡图人在布隆迪人口中占大多数，在政党分野与种族分野彼此重叠的情况下，全民公投的结果必然是胡图人的政党领袖当选总统。但与此同时，布隆迪的政权自独立建国以来，始终是由图西人掌握的，甚至在殖民时代以前，一直占据布隆迪社会上层位置的也是图西人。因此，胡图族总统的首次出现等于彻底改变布隆迪过往的权力结构和政治版图。手握重兵的图西族军方不肯善罢甘休，选举过后四个月，便派兵暗杀了胡图族民选总统恩达达耶，从而引发布隆迪的大规模内战。图西族军人在内战中占尽优势，结果迫使近百万布隆迪的胡图人投奔卢旺达。

糟糕的是，此时卢旺达的局面更加严峻。由图西族难民组成的"卢旺达爱国阵线"自1990年开始，便从乌干达发起进攻，与卢旺达胡图族政府军展开内战。虽然双方经多方斡旋，在1993年8月签署"阿鲁沙和平协定"（在小说中妈妈伊冯娜曾对它寄予了极大的希望），但是当1994年4月6日，一架载有卢旺达总统朱韦纳尔·哈比亚利马纳和布隆迪总统西普瑞安·恩塔里亚米拉的专机，在卢旺达首都的基加利机场上空，遭地对空导弹击落时，卢旺达原本紧张的局势彻底失控，演变为一场惨烈的大规模杀戮行动。这场震惊世界的大屠杀历时三个多月，共计有近百万人丧生，无数卢旺达人流离失所，沦为难民。短短百日内，军队、派系、族群间的仇杀行为一发不可收拾，卢旺达的乱局更在非洲大湖区引发一系列的连锁反应，紧邻卢旺达的布隆迪所受影响最大。布隆迪总统身亡，政府工作停滞,武装力量手段残酷,滥杀无辜,整个布隆迪因此陷入混乱的无政府状态。

布隆迪这段错综复杂的历史,不熟悉非洲史的读者初读不免如坠云雾。难能可贵的是,《小小国》一书几乎完整地呈现了这段复杂的历史,只是作者回忆童年趣事时俏皮轻盈的笔调,此时读来只余下苦涩的沉重。小说从发生在主人公身边的日常琐事出发,用以小博大的套写手法,通过小朋友加布里耶的一双眼睛,写布隆迪历史上的重大事件,例如第一次全民公投、新任总统被刺杀、胡图族和图西族间的冲突仇杀、卢旺达爱国阵线的复国运动,以及西方大国在非洲大湖区晦暗不明的政治博弈。这些话题经过孩童视角天真烂漫的折光,看似语焉不详,蜻蜓点水,但所触及的问题深度远远超越了人们习惯为儿童叙事划定的范围。种族、民主、冲突、现代化、公平等等严肃而沉重的话题被作者假借孩童的天真口吻信笔写来,产生出奇妙的化学反应,举重若轻,发人深思。例如,小说开头借加布里耶和爸爸之间的谈话,写胡图人和图西人之间种族冲突的根源:

> 于是我又问道:"胡图人和图西人之间会打仗,是不是因为他们不是一个国家的?"
> "不,不是这样的,他们属于同一个国家。"
> "那么……是不是因为他们说的语言不一样?"

"也不是,他们说的就是同一种语言。"
"那是不是因为他们信仰的神不一样?"
"不是的,他们信仰的就是同一个神。"
"那……他们为什么还要互相打仗呢?"
"因为他们的鼻子长得不太一样。"

生活在布隆迪的胡图人和图西人同属一个国家,同讲基隆迪语,宗教信仰相同,习俗一致,历史上两族间的通婚也极为频繁。然而,发展到现代,等实现民族独立后,布隆迪国内族群间的对立矛盾却不断升级,直至演变为惨烈的内战。这充满悲剧性的冲突根源,岂是轻飘飘的一句"因为他们的鼻子长得不太一样"可以概括的?读者初读大概会将它视为滑稽的打趣,一笑了之。然而,如果我们近观布隆迪的历史,却可以发现这句话是很值得玩味的。布隆迪和它的邻国卢旺达一样,是山地国家,境内多高原和山丘,地理空间因素因此在历史上对人们的活动和交往产生过很大的影响。从传统的角度看,与其说布隆迪人在身份认同方面具有明晰的种族意识,不如说他们拥有的是乡土意识更为合适。人们习惯首先根据出生地确定自我的身份,即"我是从这片地方来的"。(本书标题中的pays一词在法语中除了指国家外,正好也隐含着"乡土""家乡"这层意思。)在布隆迪漫长的历史上,普通图西人和胡图人之间的往来一直非常频繁,通婚现象也很普遍,因此两者之间的族群分野就变得相当模糊。就像小说中小加布里耶和妹妹阿娜所观察到的一样,有的布隆迪人身材又高又瘦,却又有个大大的鼻子,等于说是兼具了图西人和胡图人的外貌特征。而且,图西人虽然在历史上一直处于布隆迪社会结构的上层,但社会阶级的流动并不以胡图人和图西人的族群分野为单一标准。

那么,布隆迪现代历史上的种族矛盾以及由此引发的血腥仇杀,究竟又是从何而来呢?可以说,它完全是被人为塑造出来的意识产物。殖民时代的比利时当局为了操纵民意,分而治之,有意制造出族群间的不平等,在政治、教育等诸多领域歧视打压胡图人,在事实上加剧两族间的对立和不满。特别值得指出的是,它还别有用心地取缔了一切跨越族群界限的政党。这正是后来导致民主选举在布隆迪流产失败的关键。在种族矛盾不断升级的情况下,如果没有能联合两族人的联合政党出现,那么胡图人只会投票给胡图族政党,而图西人也只会投票给图西族政党。民主选举的形式非但没能帮助布隆迪人找到真正适合本国的现代国家模式,反而成为加剧族群冲突的帮凶,为第一次全民公投后的暴力政变直接埋下了导火索,这真是很大的悲哀了。至于比利时殖民当局又为什么选择扶持的是图西人,而不是胡图人呢?玄机也在这小小的鼻子问题上。小说里爸爸米歇尔说,胡图人是些个子小小、鼻子大大的家伙,图西人则身材高高瘦瘦,鼻子细细长长。一语道破天机。殖民者从种族主义的角度出发,认为图西人在外貌上和欧洲人种更接近,仿佛"黑皮肤的欧洲人",因此得出结论图西人在人种上更为优秀,应该被培养为这片土地上的统治阶级,结果在坦噶尼喀湖畔掀起种族仇杀的滔天巨浪。现在回头再看小说开头这段有关鼻子的趣话,不显山不露水,却满载着历史沉重的分量。种族特征从来不是单纯的人种学问题。一个社会对种族特征的过分强调,如果没有相应的政治利益在背后运作,是不可能像暴风一样迅速地席卷到社会里的每一个人的。

  人为塑造的种族意识原本只是比利时殖民当局方便统治、借力打力的"统治之道"。但等殖民者撤离后,原有的微妙平衡就再难维系。殖民时代遗留下的种族、军队、党派等种种问题,彼此缠绕,愈演愈烈,最终结成死结。夹在中间的普通民众为躲避战乱,只能在布隆迪和卢旺达两个国家间像跷跷板一样往复流动。两个国家间的任何一个发生政变或动乱,该国的民众就会涌向另外一国,结果又使得原本就异常复杂的局势变得更加微妙。小朋友加布里耶和家人夹在动荡时代的多股势力之间,一边是为卢旺达复国运动而投身于战争的图西族亲属,另一边在他们所生活的布隆迪胡图人要求民主和平等的呼声越来越高,因而产生出最深切也最真实的惶惑和不安:"回家去?可我的家就在这里呀。说我是卢旺达的孩子,这话是没错,但现在构成我现实生活的是布隆迪,是法国学校,是基纳尼拉街区,是死胡同。其他的一切并不存在。随着阿尔封斯的死还有帕西菲克的离开,我有时觉得这些事件和我也是有关联的。但我很害怕。我害怕爸爸看到我说这些话时的反应,害怕生活秩序被打乱,害怕战争,在我的头脑里,战争只会带来不幸和悲伤。"法国只是个遥远的地名,卢旺达只是太外婆罗萨莉口中令人昏昏欲睡的传说。小加布里耶能够接触到的真实,只有"死胡同"里的一方小小天地。面对身份的迷茫,无所适从的他努力地想寻找到属于自己的归属感,然而却只是徒劳。越来越紧张的局势没有留给他更多的思索时间,随着战争的逼近,非此即彼的二元选择直接被摆在眼前。"那天下午,我第一次如此深刻地认识到这个国家的现实。我发现了胡图人和图西人之间的满满敌意,这是一道无法逾越的鸿沟,每个人都被迫去选择一个阵营。这个阵营,就像我们赋予孩子的名字,是人们与生俱来的东西,它将伴随着我们走完这一生。胡图人还是图西人,这是一个非此即彼的问题,就像硬币的正反两面。我仿佛一个重获光明的盲人,终于开始明白过去未曾注意的那些手势和目光、沉默和措辞。战争无须我们邀请,就自动为我们提供了一个敌人。我总是希望自己可以保持中立,可现在我做不到了。我伴随着这段历史出生。它正从我的身体上流淌而过。我是属于它的。"此时的布隆迪好像一个立于锥尖的圆球,体内已积蓄着大量的势能,只要外界稍加一个推力,短暂的和平就难以维系,各种势力像火山熔岩一样喷发。而深陷其中的普通人,除了被历史裹挟着,身不由己地步步向前,再无选择。

时至今日,以卢旺达大屠杀为主题的文艺作品并不在少数,①也曾有人用"二战"时期纳粹对犹太人的大屠杀来和它做比。但值得一提的是,《小小国》的作者在叙事中对大屠杀的直接描写是非常克制的。通过描写欧塞比姨妈家地砖上的四个斑点,寥寥几笔,就写透了大屠杀令人心悸的残酷以及它带给人们的彻骨伤痛。这种写作上的节制不应被忽视,因为它的背后隐藏着作者真正的写作企图。和大屠杀相关的许多创作,很容易就进入一种辛德勒名单式的"拯救—被拯救"的叙事格套。由惨绝人寰的悲剧催动读者内心深处涌动的情感,是文艺作品独有的天然特权。但《小小国》的作者显然志不在此。同样是描写在种族仇杀中艰难求生的普通人,在他笔下,既没有扣人心弦的戏剧悬念,也没有精心结构的高潮迭起。作者着眼于战时琐碎的日常生活描写,将写作的目光对焦在置身于某个小社区的个人身上。他以"死胡同"为圆心,把它作为一个写作的特殊观察点,从那里打量大历史的动荡激流,打量社会结构的断裂和缝隙。这种毛细血管式的微观描写,叙事看似缺乏条理性,却完整且忠实地展现了动荡时局下无所适从的普通人最真实的感受。虽然日常生活原所具有的模糊性和零碎性,在某种程度上似乎是把宏大的历史激变碎片化了;然而,正如从一粒尘埃看见整个世界,作者以碎片化的方式,用一架微观显微镜,从另一维度再次接近了历

---

① 相关作品包括《羚羊战略》(*La Stratégie des Antilopes*)、《上帝眠于卢旺达》(*God Sleeps in Rwanda*)、《卢旺达,群山有言》(*Rwanda, les collines parlent*)、《杀戮禁区》(*Beyond the Gates*)、《四月的某时》(*Sometimes in April*)等。

史的真实。

接下去的好几天，我们都睡在走廊上，白天也不能离开家半步。法国大使馆的宪兵打电话给爸爸，建议他避免一切外出活动。妈妈住在城里的朋友家，那里地势较高，她每天打电话给我们打听消息。广播里说在布隆迪的市中心，每天都有可怕的大屠杀发生。

一周以后，学校重新开始上课。城市里弥漫着一种古怪的平静气氛。有几家商店重新开张了，但公务员们并没有去上班，部长们也仍旧躲在外国使馆或是邻国避难。有一天路过总统官邸，我看到一堵围墙已经被炸坏了。这是在城里我们唯一能看到的战争痕迹。课间休息的时候，同学们各自讲起了闹政变当晚的故事，大家说起枪声、爆炸声、总统的死还有放在走廊里的床垫。然而，没人感到害怕。对我们这些有幸住在市中心的孩子来说，战争还仅仅只是一个词。我们听说了一些事情，但并没有亲眼看见什么。生活像往常一样继续，舞会、恋爱、名牌、时髦，一样不落。至于我们家的仆人，爸爸手下的工人，住贫民窟、布琼布拉郊区和内地的人，没有收到大使馆安全指令、没有卫兵保护他们家、没有司机送他们的孩子上学的人，还有那些走路、骑自行车、乘公共汽车的人，他们就只能听天由命了。

作者沉浸于彼时彼地的当下体验的写作，以杂乱无章的众声喧哗，在文本中重现一个十岁左右的孩子，面对战争，面对种族冲突，面对身份认同等等复杂问题所能真正产生的感受。虽然模模糊糊，虽然一知半解，但在接近纷繁复杂的真相时，却并不比经过整理、直线性的宏大历史叙事更没有价值。小说中最为精彩的是，作者以一个孩子的视角，对动乱时代下暴力与恐惧两大主题的刻画，以及对两者之间关系的深刻剖析。当倒在路边的尸体成为一种日常风景，当死亡成为一种最寻常的内在经验，暴力和恐惧一同深入到每一个人的肌理，融入他们的言行举止和日常生活。

一种深刻的焦虑把整个城市击倒了。大人们开始感到新的灾难正在逼近。他们害怕这里的局势会像卢旺达一样恶化。街上的路障越来越多，在这个暴力的季节里，城市里生长出更多的铁丝网、保安、警报、栅栏、起重机、铁蒺藜。这一整套安保系统试图让人们相信自己能够规避暴力，把它拒之门外。我们生活在一种奇怪的氛围里，不算是战争，也不算和平。大家习以为常的价值观不再有用。不安全感变成一种比饥渴或是炎热更平常的感觉。怒火和鲜血在人们的日常生活里如影随形。

与日常生活融为一体的暴力和恐惧，产生出一种可怕的驯化个体的社会化作用。暴力通过施加于个人身上的恐惧高压,否定个体独立判断的价值,以消极道德的方式教导人们克制、沉默、顺从。人们因此成为丛林法则的囚徒,成为它暗中的受害者。小说的最后,头昏脑涨的小加布里耶正是在这样的氛围下,被伙伴们逼着扔出打火机,犯下谋杀的血案。另一方面,暴力也成为一种社会仪式,成为某种新的娱乐发明。它赐予参与者一种集体沉醉感,从而诱使每个人自愿放弃自己的个体存在。被盲目的仇恨裹挟的人们,身处现场却并不了解到底发生了什么,他们只是单纯地在恐惧心理的高压下,使用暴力来寻找情绪的出口。街区里半大不小的孩子们怀揣着自以为是的正义感,在枪柄上贴上曼德拉、甘地的贴纸,自导自演出一幕幕以暴力为题的街头活话剧。甚至连小加布里耶也不例外。他在恐惧的驱动下,跳下高处的跳台,希望借此证明自己的男子气概。这种英雄式的、雄心勃勃的行为,虽然是他潜意识里对现实的一种反抗方式,但在事实上却是相当可笑的。这种带有浓厚的表演色彩的行为,让小加布里耶在不知不觉中也落入了男子气概的陷阱。他很想通过冒险证明自己对身边的事物仍有控制力,但这个行为除了从侧面折射出他面对动荡时代的脆弱和无助外,其实什么都说明不了。

在因战乱而畸变的社会结构里,作为个体的人毫无办法,只能为最原始的恐惧情绪和求生本能所驱动。小说关于战乱中的人们的这段描摹,异常地细腻、真实,因而也显得愈加宝贵。它将过去被"大屠杀叙事"的固定模式给遮蔽了的另一重真相,重新推到前台——即战乱中不应被忽视的滥杀现象。

关于卢旺达大屠杀,现在国际上流行的观点是这是一场卢旺达胡图人针对少数民族图西人长达三个月的种族灭绝大屠杀,然而根据一些研究者的研究结果可知,这种流行观点仍旧把我们引入了非此即彼的二元对立陷阱。事实上,在卢旺达大屠杀中,胡图族政府军、胡图族民兵、图西族反叛军、乱民均参与了滥杀行为,而且混乱间的大屠杀是以乱杀行为居多的。① 正如小说中所展现的一样,在性命攸关的生存危机下,社会的道德秩序迅速崩溃,自保和施暴的界限变得异常模糊。人们在恐惧的驱动下,为避免被杀,于是在混乱中就选择了先下手为强。就像小说中的"偷芒果事件"一样,恶作剧和偷窃的界限有时候很难分清,受害者和加害者的界限也绝非那么泾渭分明。如果把小说开头处的"找自行车事件"视为一种结构上的隐喻,把它和结尾处小加布里耶扔下打火机的情节对照来看,那么小加布里耶的困境"虽然只是想要回属于自己的东西,我却因此从受害者变成了凶手",也许正好说明了现实的复杂、缠绕和残酷:在大屠杀中,受害者本人很可能也是加害者。

本书的作者加埃尔·法伊是法国知名的青年歌手,擅长说唱音乐,曾创作过同名歌曲。《小小国》是他以作家身份出版的

---

① 参阅俞力工的《非洲大湖区灾难背后的资源争夺战》一文以及 Christian Davenport 和 Allan C. Stam 的调查报告《卢旺达究竟发生了什么事?》(*What Really Happened in Rwanda?*)。

第一部小说，这部作品自2016年8月底面市以来，广受读者好评，已被译成德语、西班牙语、英语、日语、意大利语等多国文字。小说出版后即获得法国Fnac小说奖，并入围了同年法国龚古尔文学奖最终轮的评选。加埃尔·法伊在接受媒体采访时，曾介绍这部小说原稿有四百多页，后来在法国格拉塞出版社编辑的建议下，由作者和编辑一同将它删改至如今的篇幅。虽然小说的谋篇布局仍有青涩的痕迹，但是加埃尔·法伊能够从自身独特的生命体验出发，用本雅明式讲故事的方式，还原被言语混淆了的真实，用叙事说明"事实的对立面并不是谎言，而是另一种事实"，我想仅凭这一点，它就值得我们展卷细读。

张怡

2017年春于北京

献给雅克琳

序　言

说真的，我也搞不清这一切是怎么开始的。

不过，有一天，爸爸坐在小卡车里，向我们解释过事情的来龙去脉。

"你们瞧，布隆迪的情况就像卢旺达。在这块土地上，生活着三种不同的人，我们管这叫种族。其中胡图人最多，他们是些个子小小、鼻子大大的家伙。"

"就像多纳蒂安那样吗？"我问道。

"不，多纳蒂安是扎伊尔①人，那不一样。举个例子，胡图人长得就像我们家的厨师普罗多那样。除了他们，还有小个子的特瓦人。特瓦人的人数太少了，可以先把他们跳过。说他们无足轻重，也一点儿都不为过。然后是图西人，就像你们的妈妈那样。图西人的人数远没有胡图人多，他们的身材高高瘦瘦，而鼻子呢，细细长长，我们从来弄不懂他们的脑袋里在想什么。比如说你啊，加布里耶，"爸爸说着用手指点了点

---

① 扎伊尔共和国是1971年10月27日至1997年5月17日期间，刚果民主共和国的国名。

我,"你就是个地地道道的图西人,因为我们永远弄不懂你的脑袋里在想些什么。"

其实,我也弄不懂自己在想什么。不管怎么说,眼下发生的这些事,我们又该怎么解释呢?于是我又问道:"胡图人和图西人之间会打仗,是不是因为他们不是一个国家的?"

"不,不是这样的,他们属于同一个国家。"

"那么……是不是因为他们说的语言不一样?"

"也不是,他们说的就是同一种语言。"

"那是不是因为他们信仰的神不一样?"

"不是的,他们信仰的就是同一个神。"

"那……他们为什么还要互相打仗呢?"

"因为他们的鼻子长得不太一样。"

我和爸爸的讨论到这里就结束了。可这事儿真奇怪呀。我想爸爸他自己也不大明白。从那天起,我就在街上打量起人们的鼻子和个头来。赶上去市中心买东西的时候,我和妹妹阿娜就偷偷地去猜哪些人是胡图人,哪些又是图西人。我们压低声音说:

"那个穿白裤子的人是胡图人,因为他个子不高鼻子又大。"

"没错,那边那个戴帽子的人,个子高、身材瘦,还有个细长的鼻子,那他就是图西人。"

"还有那边,那个穿条纹衬衫的人,他是胡图人。"

"不对,你看,他又高又瘦。"

"没错,但是他有个大大的鼻子!"

从那时起,我们便开始怀疑那个有关种族的故事。过了一阵子,爸爸不愿意我们再提起这件事。在他看来,小孩子就不应该掺和政治的事儿。可除此之外,我们也不知道还能做什么。古怪的气氛一天比一天浓。即使在学校,小朋友之间也开始因为谁是胡图人谁是图西人,随随便便就能打起来。在看电影《大鼻子情圣》的时候,我们甚至听到一个同学说:"你们看啊,这人的鼻子长成这样,肯定是个图西人。"周围的气氛全变了。不管你的鼻子长成什么样,都能嗅到这变化。

这趟归程，一直纠缠着我。我没有一天不想起那个国度。转瞬即逝的声音、弥漫的气味、下午的阳光、一个动作，偶尔一种静谧的氛围，都足以唤醒我的童年记忆。阿娜不断告诫我："你回去的话，除了幽灵和成片的废墟，什么也找不到。"她永远不想再听我提起那个"该死的国家"。我听她的。我相信她。她思考问题总是比我更深刻。于是我把这个念头从脑海里赶走。我下定决心再也不会回去了。我的生活是在这里。在法国。

我再也没有在任何地方居住过。所谓居住，意思是在身体上与一个地方的地貌融为一体，意味着与那里的山脉起伏融为一体。可在这里，这一点根本无从谈起。在这里，我只是个过客。我在这里栖身。我在这里逗留。我在这里擅自占据空着的房子。我的城邦是实用的宿舍。我的公寓散发着未干的涂料和崭新的漆布的味道。我的邻居们是地道的陌生人，我们在楼梯间彬彬有礼地彼此避让。

我在大巴黎地区生活、工作。圣康坦-昂伊夫林。在巴黎地区快速铁路网的C线上。一个全新的城市，就像一种没有过去的生活。就像大家说的那样，我花了好多年才融入这里。拥有一份稳定的工作、一处公寓、一点儿消遣活动、几段友好的关系。

我喜欢在互联网上结识朋友。一个夜晚或是持续几周的那种关系。和我约会的姑娘各色各样，一个比一个漂亮。我如痴如醉地听她们谈起自己，闻她们头发上的香味，然后忘我地投入由她们的手臂、大腿还有身体织成的温柔乡。她们当中谁也不忘向我提出同一个烦人的问题，而且还总是在第一次约会的时候提出来。"你是从哪个国家来的呢？"这个问题太平庸了，但它又完全符合社交的规范。要想发展一段关系，这大概是必经的阶段。若是我想否认自己的家族谱系，我那焦糖般的肤色便迫使我给出更有说服力的证据。"我是个人。"我的回答让她们不快。然而，我的本意并不是想激怒她们，甚至不是想故意显得博学或是有深度。在长到和三个芒果一样高的时候，我就已下定决心，未来绝不会给自己限定任何做人的条条框框。

约会继续。我的应对策略很有效。她们开始讲述自己的故事。她们喜欢我听她们说。我听得入神。我听得沉醉。烈酒把我吞没，让我抛下自己的真诚。我变成一个可怕的猎手。我让她们开怀大笑。我引诱她们。为了找乐子，我会绕回那个有关血统的问题。我主动向她们揭开身世的秘密，就像在玩猫抓老鼠的游戏。我以厚颜无耻的冷酷语调告诉她们，成堆的尸体把它们的分量压在我的身世上。她们不接话了。她们只想聊些轻飘飘的话题。她们用小鹿似的眼睛望着我。而我渴望她们的身体。有时，她们会把自己给我。她们是把我当成一个怪人了。我只能在短时间内取悦她们。

这趟归程，一直纠缠着我，我把它无限期地推迟，总是把它推得更远。因为我害怕揭开被掩埋的真相，害怕滞留在祖国边境上的噩梦再次降临。二十年来，我时时刻刻都想着回去；黑夜白天，日思夜想；我梦想回到曾经住过的街区，回到我和家人朋友们幸福生活过的那条死胡同。童年经历在我身上留下的烙印，让我不知所措。顺利的时候，我觉得那正是我力量和感性的源泉。但生活一旦触礁，我又从那里看到自己无法适应世界的原因。

我的生活好像一次远途的流浪。一切事物都能让我产生兴趣，但却没有什么能点燃我的激情。我找不到让自己欲罢不能的刺激。我是在泥潭里打滚的那种人，萎靡得平庸。有时，我也会掐自己一把。我在社会上察言观色，在工作时谨言慎行，小心翼翼地和办公室的同事们打交道。电梯镜子里的这个家伙，是我吗？站在咖啡机旁努力挤出笑容的这个大男孩，是我吗？我认不出自己了。我来自如此遥远的国度，远得连自己都感到惊讶。我的同事们谈起天气预报和电视节目。他们的谈话我不想再听。我感到呼吸困难。我解开衬衫的领口。我的身体被包裹得严严实实。我打量着自己打了蜡的皮鞋，它们正闪闪发亮，映着我那令人失望的模样。我的双脚怎么了？藏起来了。我再也没有见过它们光着走路。我靠近窗口。天色低沉。天上下着灰色的、黏糊糊的蒙蒙细雨，被困在商业中心和铁道线之间的小公园，里面一棵芒果树也没有。

那天晚上，下班以后，我跑去火车站对面，一看到酒吧就躲了进去。我在一张台式足球桌前坐下，要了一杯威士忌，为自己庆祝三十三岁生日。我试着拨打阿娜的手机，但她没有接。于是我发了疯似的不断拨打她的号码，直到我想起此时她正在伦敦出差。我很想告诉她，告诉她我在早晨接到的那通电话。那应该是命运给出的征兆。我必须回去。即使只是为了问心无愧，为了一劳永逸地了结一直在我脑海里萦绕不去的这段往事，为了重新永远地关上自己身后的那扇门。我又要了一杯威士忌。吧台上方的电视机发出嘈杂的声响，这声音一时间占据了我的思绪。新闻频道里不间断地播放着人们逃离战争的画面。我注视着他们搭乘的幸运之舟在欧洲的土地上靠岸。孩子们从船上下来的时候，寒冷、饥饿和脱水早已让他们全身僵硬。在这疯狂世界的转盘上，他们正拿自己的命来赌。我一边注视着他们，一边舒舒服服地坐着，从主席台上居高临下，手中还握着一杯威士忌。公共媒体以为，人们是为了寻找乐土才逃离地狱。胡说八道！没人会提起自己原来生活过的国度。诗歌给不了我们真相。然而，它却是人活一世所能抓住的唯一的东西。我掉转视线，不去看这些画面，它们说的是现实，但并非真相。也许有一天这些孩子会写下真相。我觉得自己就像冬天里高速公路空旷的服务区一样凄凉。每年生日那天,次次都一样,我一想起爸爸、妈妈还有我的小伙伴们,想起在花园深处那个永恒的生日派对,身旁是一条被开膛剖肚的鳄鱼,一种沉重的忧郁就像热带地区的骤雨一样将我击垮……

1

我始终不知道爸爸妈妈分手的真正原因。但一开始,他们之间应该就存在着深刻的误会。他们的相遇打一开始,就带着瑕疵,带着一个没人看到,或者说没人愿意看到的星号标记。过去,我的爸爸妈妈年轻又好看。充满希望的心灵就像不受约束的独立之光。想想看!他们结婚那天,爸爸为妈妈戴上戒指,从那以后他就再没后悔过。当然,爸爸也是有魅力的人,他有作为父亲的魅力。爸爸有碧绿的眼珠,有夹杂着几缕金发的浅褐色头发,还有维京人一样的身材。但他却远远没有妈妈高,用法语说,就是他的个子还不到妈妈的脚踝。说到妈妈的脚踝,那可了不得!从妈妈的脚踝往上看,是修长笔挺的双腿,这双腿在女人们的眼里美得扎眼,更让躲在半闭的百叶窗后的男人们忍不住想象分开它们的景象!爸爸这个来自汝拉山区的小个子法国人,因为服兵役的缘故,偶然之间来到非洲大陆。他的家乡是山区的一个小村庄,那里的景色和布隆迪相像得简直会让人弄错,但是在他的家乡,却没有妈妈这般模样的女人。妈妈就像侧影优美的淡水芦苇,身材纤细挺拔,身影一如摩天大楼,她还有乌木一般的黑皮肤和安科莱母牛一样的大眼睛。想象下吧!他们结婚那天,走调的吉他弹奏起无忧无虑的伦巴曲,幸福在漫天星斗下轻声吹出恰—

恰-恰的曲调。一切尽在眼前！除了相爱！除了生活,除了大笑,除了活着,再无其他！他们始终身姿挺拔,步履不停,跳到舞池尽头才停下舞步,有时甚至还踏出了舞池。

只是,那时的爸爸妈妈还是两个迷惘的青年人,这个世界便突然间要他们承担起成人的责任。他们这才刚刚走出青春期,刚刚摆脱荷尔蒙的控制,刚刚结束通宵不眠的人生阶段,就不得不放弃喝得烂醉的生活,倒空装满烟头的烟灰缸,把迷幻摇滚音乐的唱片套上封套,束之高阁,叠起喇叭裤和印花衬衫。警钟已经敲响。孩子、税款、债务、忧虑接踵而来,它们来得太早,也来得太快了。除此之外,随之而来的还有疑虑、路上的劫匪、独裁者和政变,还有结构性的调整计划、放弃的理想、想要赖床的早晨、一天比一天在床上拖长身影的阳光。现实如此,避无可避。它粗粝又凶猛。初始的懒散很快被严峻的生活节奏所取代,就像挂钟那无情又无可逃避的嘀嗒声。人的天性此时变为一把回旋镖,我的爸爸妈妈结结实实地迎面挨了一记。他们这时才明白,是自己混淆了欲望和爱情,夸大了对方的优点。他们没有分享共同的梦想,他们之间只有共同的幻想。至于梦想,他们两人各自有各自的,独属于自己、自私的梦想。他们根本没打算满足对方的期待。

然而,在过去,在此之前,在我将要讲述的故事和别的所有事发生之前,我们还是幸福的,我们的生活过得顺利自然。生活一如它本来的面貌,一如它过往的模样,一如我所希望它保留的样子。它仿佛一个温柔宁静的梦乡,没有在耳边飞舞的蚊子打扰,也没有敲打在我头顶上的种种问题。如果有人在幸福的时光里问我"最近好吗",我的回答总是"好极了"。斩钉截铁的回答。幸福,会使人不假思索。有些问题,我直到后来才开始反思。直到后来才开始权衡对错,才开始对它们避而不谈,才开始泛泛地点头称是。再说,那时整个国家都已开始反思。人们不再回答提问,只会说"还行吧"。因为后来发生在我们身上的事情,让生活整个儿都停摆了。

2

我想,幸福时光的尾声,是从那个圣尼古拉节开始的。那天,我们在扎伊尔的布卡武①,在雅克家的露天大阳台上过节。我们全家每月会找一天拜访老雅克,久而久之,习惯成自然。妈妈尽管好几个星期没怎么和爸爸说过话,但那天她还是和我们一同去了。我们在出发前,顺道先去银行取点儿外汇。爸爸走出银行的时候说:"我们现在是百万富翁啦!"蒙博托②统治下的扎伊尔,货币贬值非常严重,连买杯饮用水,都要五百万。

一过边境哨所,我们眼前就展开了另一个世界。笼罩着布隆迪的拘谨消散了,换成了扎伊尔的喧闹。熙熙攘攘的人群中,人们像在牲畜市集上一样满面笑容地叫卖吆喝,讨价还价。聒噪的大鹅全身脏兮兮,一个劲儿地斜着眼睛瞅汽车的后视镜、刮雨器还有被积水坑溅出的泥浆弄脏的轮毂。一群山羊排成一串,跟在银光闪闪的手推车后面。一对对母女仿佛玩障碍滑雪似的,在一辆紧挨一辆的货车和小巴士车队间

---

① 刚果民主共和国东部城市,位于基伍湖的东南岸,卢旺达以西。
② 蒙博托(1930—1997),曾长期担任刚果民主共和国总统和扎伊尔共和国总统,有"典型的非洲独裁者"之称。1965年通过政变上台,提倡国家非洲化,1971年改国名为扎伊尔共和国,采取过激的民族化和国有化政策,政治腐败,经济陷入困境,1997年被国内反对派武装夺取政权,流亡国外。

穿行，偷偷摸摸地卖着粗盐浸的水煮蛋和袋装辣花生。得了小儿麻痹症的乞丐双腿扭曲，乞求路人行行好，施舍个几百万，好让他在柏林墙倒塌后，也能在这该死的世道上继续活下去。一位牧师站上他那辆摇摇晃晃的奔驰车的引擎盖，手里拿着蟒蛇皮装帧的斯瓦希里语《圣经》，声嘶力竭地宣告世界末日即将来临。昏昏欲睡的士兵在锈迹斑斑的岗亭里，有气无力地挥舞着苍蝇拍。热空气混合柴油的气味，弄得好久没有发薪的公务员嗓子发干。路面上坑坑洼洼，仿佛一个个巨大的火山口——那里原是一片鸡窝，车辆开过的时候颠簸不已。不过，这丝毫不妨碍海关人员仔仔细细地逐车检查，轮胎不能打滑，发动机水位正常，车灯功能良好，必须每项达标。要是他们发现过往车辆没有任何预期的问题，那车主就得出示受洗或初领圣体的证明，不然就不许入境。

那天下午，爸爸不再坚持原则，他彻底放弃了，一如这些可笑的把戏所愿，最后同意向他们行贿。栅栏终于打开，路边流淌着温泉水，我们在一片热气腾腾的雾气中继续上路。

当开到小城乌维拉和布卡武之间的时候，我们在一片简陋的小饭店门口停下车，去买香蕉馅薄饼和油炸白蚁卷。小饭店蹩脚的铺面上，挂满各式各样、异想天开的招牌："香榭丽舍富凯饭店""德斯坦快餐""宾至如归餐馆"。爸爸掏出他的宝丽来相机，想把这些招牌拍下来，好好赞美一番当地人的创造力。但妈妈却责备爸爸说，他的赞美不过是白人眼中的异域情调在作怪。

我们在差点儿轧死好多公鸡、鸭子还有小孩后,终于来到基伍湖畔的伊甸园——布卡武,这座按未来主义艺术装饰的城市,现在还能看出一点儿原有风格的旧迹。雅克早已布置好餐桌,欢迎我们的到来。他预订了刚刚从蒙巴萨①运来的新鲜明虾。爸爸见状喜出望外地说:

"这虽然比不上一盘上好的牡蛎,但时不时地吃些好东西,还是挺有好处的呢!"

"米歇尔,你在抱怨什么?是想说在家里,我们没让你吃好?"妈妈不快地说。

"没错!都怪那个蠢货厨子普罗多,害我每天中午不得不囫囵吞下那些难吃的非洲马铃薯。更别提要他把牛排煎好了!"

"别在我面前说这个,米歇尔!"雅克接过爸爸的话头说,"我家厨房里的那个丑八怪借口得杀死寄生虫,不由分说把肉烤到十成熟。现在的我连一块美味的带血牛排该是什么样子都不知道了。真恨不得马上回到布鲁塞尔,大吃大喝一番,恢复元气!"

听到这里,大家都笑起来。只有阿娜和我沉默地站在桌子的一头。那个时候我十岁,阿娜七岁。也许是年龄还小,我们没被雅克的俏皮话逗乐。何况大人还明令禁止我们说话,除非有人主动先和我们搭话。不论是去谁家,这都是一条不

---

① 肯尼亚第二大城市,位于东南沿海地区,濒临印度洋。

可触犯的金字准则。爸爸不能容忍小孩子在大人们聊天时插嘴。尤其是在雅克家的时候,对他来说,雅克就像他的另一位父亲,就像他的榜样。爸爸会下意识地模仿雅克的说话方式、手势甚至是语音语调的变化。"是他教我认识了非洲!"爸爸不止一次地这样对妈妈说道。

雅克冲着桌底弯下腰,身体挡住风,用刻着两头雄鹿的之宝牌纯银打火机点燃一支烟。然后他站直身体,鼻孔喷出几道螺旋的白烟。他向着基伍湖的方向凝望了一会儿。从雅克家的露台上,可以看到远处和天际融为一体的一连串小岛。更远的地方,在湖的另一边,坐落着卢旺达的尚古古城。妈妈目不转睛地望着湖的那边。大概每次来雅克家吃饭,她都会不禁回想起许多沉重的往事。卢旺达,她被迫离开的祖国。一九六三年的大屠杀之夜,妈妈的家在火焰中熊熊燃烧,大火的亮光照亮了夜空。卢旺达,妈妈四岁以后再也没有回去的国家,就在那里,近在咫尺,几乎触手可及。

老园丁把雅克家的草坪修剪得整整齐齐,他的短刀钟摆似的摆动着,好像人们挥动高尔夫球杆的样子。绿色的翠鸟在我们眼前忙碌地飞舞,羽毛泛着金属的光泽,它们采集红木槿甘美花蜜的身姿,仿佛一场出色的芭蕾舞表演。在柠檬树和番石榴的树荫下,一对冠鹤正闲适地漫步着。雅克家的花园生意盎然,色彩饱满夺目,园中还散发着一种淡淡的柠檬草香味。在来自纽格威森林的珍稀木材和尼拉贡戈火山的多孔黑岩的装点下,雅克家看起来像是一栋瑞士山区的木屋别墅。

雅克敲响桌上的小铃铛,厨师很快便来了。只见他头戴厨师帽,腰系白围裙,可这身行头和他那双皲裂的赤脚,真是太不相称了。

"给我们拿三瓶普里默斯啤酒来,还有快把这堆乱七八糟的东西收拾下!"雅克命令道。

"埃瓦里斯特,最近还好吗?"妈妈向厨师问道。

"感谢上帝,好些啦,夫人!"

"拜托,别老扯上帝了!"雅克回嘴说,"你过得还不错,完全是因为扎伊尔现在还有白人在,店铺才能继续经营下去。要是没有我,你就像你的其他同胞一样,上街去讨饭吧!"

"老板,每次我说到上帝时,心里想的其实是你呀!"厨师狡黠地回答说。

"别油嘴滑舌,丑八怪!"

听到这里,所有人都放声大笑起来,雅克接着说:

"女人在我身边待不了三天,结果这三十五年来,我只能和这个丑八怪待在一起。每次想到这里,我就懊悔不已!"

"老板,这么说你应该娶我做老婆啊!"

"闭嘴! ①别再在这里说胡话了,快去给我们拿点儿啤酒!"话音还未落,雅克就爽朗地笑出声,接着又使劲清了清嗓子,害得我差点儿把刚刚吃下的明虾吐出来。

厨师低声哼着一首宗教歌曲走了。雅克用绣着自己姓名

---

① 原文为斯瓦希里语。

首字母的手帕捂住嘴,呼哧呼哧地喘了会儿气,然后拿起香烟,掸掸烟灰,让它们落在光亮的木地板上。他转头对爸爸说:

"上次去比利时的时候,大夫都说我必须戒烟,要不然就会没命。在这里,我什么没经历过:战争、劫掠、贫困、鲍勃·德纳尔①和科卢韦齐②,还有愚蠢的三十年'扎伊尔化运动',没想到最后却是香烟会要我的命!真该死!"

雅克的双手和光秃秃的脑袋上长满了老人斑。这是我第一次看到他穿运动短裤。雅克的大腿白乎乎、光溜溜的,和他晒黑的前臂还有经过阳光雕刻的脸庞构成鲜明的对比。他的身体好像是一堆不协调的古怪零件拼凑起来的。

"医生们的话也许有道理,你应该少抽点儿,"妈妈担忧地说,"我的雅克,一天三包烟,这真的有点儿多。"

"你肯定不会像我这样的,"雅克好像没有听见妈妈的话,自顾自地继续和爸爸说,"我的父亲抽烟抽得更凶,但他一直活到九十五岁。我就不对你细说他这一辈子了。我父亲的一生更不容易,那时候他在刚果,利奥波德二世③时期的刚果!

---

① 鲍勃·德纳尔(1929—2007),著名法籍雇佣兵,曾在亚、非多国发动政变,暗杀各国政要。
② 刚果民主共和国卢阿拉巴省省会。1978年5月,为反对蒙博托的独裁,三四千名加丹加省叛军占领科卢韦齐,将城中居民劫为人质。蒙博托向美国、法国和比利时求援,在外籍军团的参与下结束了叛乱。这期间约有700名非洲人和170名欧洲人被叛军杀害。
③ 利奥波德二世(1835—1905),1865年成为比利时国王,是刚果自由邦的创立人和拥有者。

我的父亲是个私生子！是他建造了卡巴罗到卡莱米的铁路。不过这段铁路早已废弃不用，就像这该死的国家里其他的铁路一样。妈的！"

"为什么不把这里的一切卖掉？然后去布琼布拉①定居，那里的生活舒适宜人。"爸爸热情满满地说道。每当他下意识地说出一个前所未有的想法，他的语调总是这样兴奋。"我在那里有好多工地，每天都能接到大量的订单。现在，那里遍地是钱！"

"卖掉一切？别说傻话！我妹妹还总提要我回比利时和她团聚的事呢。她对我说：'回来吧，雅克，等着你的未来不会好呢。白人在扎伊尔，除了被抢被打，没有好结局。'可你能想象我去伊克塞勒②住公寓吗？我从未在那里生活过，到我这把年纪，你想要我去那里做什么呢？我第一次踏上比利时的土地时，已经二十五岁了，肚子上还挨了两颗子弹，是在加丹加打共产党时中了埋伏。我上了手术台，医生把我缝起来，然后我马上又回到这里。我啊，我比这里的本地人更像个扎伊尔人。这里是我的出生地，这里也将是我的长眠地！去布琼布拉待几星期还行，签下两三单合同，替先生们③办点儿事，尝尝美食，会会老朋友，然后我就回来这里。至少对我来说，扎伊尔人更好懂一些。贿赂一下④，就搞定啦！布隆迪人？那些人

---

① 布隆迪首都、第一大城市。
② 比利时中部城市。
③④ 原文为斯瓦希里语。

哟！他们总是喜欢拿右手去挠左耳朵……"

"我也总是这么和米歇尔说，"妈妈说，"我也不想再待在那个国家了。"

"伊冯娜，你的情况不同，"爸爸恼火地反驳道，"你总想着去巴黎生活，都快魔怔了。"

"没错，我是这样想的，这样对你，对我，对孩子们都好。我们在布琼布拉能有什么未来？你能告诉我吗？除了眼下这样可怜兮兮地混日子？"

"伊冯娜，别再说了！你说的可是你的祖国。"

"不，不，不，不，不……我的祖国是卢旺达！就在那里，在你的正对面。卢旺达。米歇尔，我是个难民。在布隆迪人的眼中，我永远是个难民。他们用羞辱、登记备案、外国人限额还有学校的招生限制，让我明明白白地懂得了这一点。要说布隆迪给了我什么，我可得好好想一想！"

"亲爱的，听我说，"爸爸尽可能用平静的声音说，"看看你的四周吧。看看群山，看看湖泊，看看大自然。现在我们住在漂亮的房子里，平时有仆人可以使唤，孩子们有足够宽敞的活动空间，这里气候宜人，我们的生意也经营得不坏。你还想要什么呢？回到欧洲，你将失去这里的一切奢侈。相信我！那里远不是你所想象的天堂。你以为我为什么从二十岁开始就在这里打拼？雅克又为什么宁可留在这里，也不愿回到比利时？因为在这里，我们是有特权的人。回到那里，我们将什么都不是。你为什么就不明白呢？"

"你整天这么说,烦不烦?我知道这里光鲜的表象背后是什么。当你看到山脉绵延的优美线条时,我想到的是山区人们的不幸。当你赞叹湖泊的壮美时,我闻到的是湖面下的甲烷气味。你为了在非洲追寻一段刺激的历险,而逃离宁静的法国。你是干得不错!可我只想要一份自己从未有过的安全感,只想在一个不用担心出身问题会招致杀身之祸的国家,平平安安地抚养我的孩子们……"

"别说了,伊冯娜,你总是杞人忧天,喋喋不休地说胡话。你总是想到最糟糕的结果。现在,你已经有了法国护照,还有什么可害怕的?你住的是布琼布拉的别墅,而不是难民营。先把大道理放一边吧,就算我求你了!"

"我根本没把你的法国护照放在眼里,它改变不了什么,危险如影随形,从未离去。你对我说的事情不感兴趣,米歇尔,从不感兴趣。你来到这里,只是想寻找一片游乐场,好让你孩子气的梦想延续,你这个被西方文明惯坏了的孩子……"

"你在说什么?坦白说,你把我弄糊涂了!多少非洲人做梦都想和你换个位子呢……"

妈妈用冷冰冰的目光盯着爸爸,他没敢把这句话说完。过了一会儿,妈妈平静地接着说:

"我可怜的米歇尔,你甚至都没意识到自己在说什么。我给你一个建议:千万别碰种族主义,你只是个喜欢嬉皮士的中年人,种族主义那套不适合你。还是让雅克和其他真正的外国人来干吧。"

雅克猛地被烟呛住了。妈妈满不在乎地站起身，朝爸爸的脸上扔下餐巾，走开了。同一时刻，厨师正好回来了，他嘴角挂着放肆的微笑，手中的托盘里摆着普里默斯啤酒。

"伊冯娜！马上回来！马上向雅克道歉！"爸爸喊道。他的屁股稍稍离开了椅子，双手紧握，放在桌面上。

"算了，米歇尔，"雅克说，"女人嘛……"

3

接下去的日子,爸爸好几次想拿甜言蜜语还有俏皮话,弥补他和妈妈之间的裂痕,可妈妈一点儿不为所动。到了一个星期天,爸爸突发奇想,决定带我们全家人去湖边的雷莎玩,一个距离布琼布拉六十公里的地方。这是我们一家四口人共同度过的最后一个星期天。

一路上,汽车的车窗大开,风呼呼地吹着,我们几乎听不见彼此说话的声音。妈妈一副心不在焉的模样,爸爸努力地想要打破沉默。尽管没有人问他问题,但他还是不停地自问自答,向我们做解说:"快看,那里有一棵木棉树。德国人在十九世纪末把木棉树引进布隆迪。木棉树上的木棉,可以用来做枕头。"公路沿着湖泊伸展,笔直地通往南边的坦桑尼亚边境。爸爸一个人自顾自地继续解说:"坦噶尼喀湖是世界上长度最长、鱼类资源最丰富的湖泊。它有六百公里长,面积比整个布隆迪都大。"

那是雨季结束前的最后几天,天空明净如洗。五十公里外河岸的另一边,扎伊尔的大山里,铁皮屋顶明晃晃的反光,一览无余。小朵小朵的白云仿佛棉花球,一个一个地悬挂在山脊前。

最近的几次汛期冲垮了穆杰雷河上的桥梁,于是我们只能开车蹚水过河。河水渗进车内,爸爸头一回把他的帕杰罗车开足马力。到雷莎的时候,我们看见一块广告牌,上面写着"城堡餐馆"。车继续向前开,窄窄的土路两旁种满了芒果树。等到了停车场,迎接我们的是一群绿毛猴子,它正忙着互相捉虱子。餐馆入口还有一栋红色铁皮屋顶的古怪建筑,上面装着信号机,一块铜板上画着阿肯那顿法老的形象。

我们在露台上找到位置坐下,头顶上是一柄印着阿姆斯特尔啤酒字样的遮阳伞。靠近吧台的另一张桌子已经有人坐了。一位公使正陪同家人用餐,身旁有两位荷枪实弹的士兵守卫着。公使家的孩子们看起来比我们还要乖。他们连睫毛都不眨一下,只是羞涩地抓住面前的芬达汽水瓶。喇叭里播放着一盒康琼·阿米西[①]的磁带,微弱的乐曲声里夹杂着电流沙沙的干扰声。爸爸一边把钥匙环套在手指上转动,一边坐在塑料椅子上轻轻摇晃着。妈妈望着阿娜和我,嘴角浮现出一丝忧郁的笑容。等服务生过来招呼我们,妈妈报出要点的菜:"船长烤肉串,四份!两瓶果汁。两瓶阿姆斯特尔啤酒。"妈妈和服务生说话的时候,总像是在发电报,从来不把一句话说完整。小小服务生,不配要她费劲儿添上动词。

上菜往往要等很长时间。餐桌上气氛凝重,爸爸转动着钥匙,妈妈忧郁地笑着,阿娜和我见状打算趁机跑开一会儿,去湖里玩水。为了吓唬我们,爸爸大喊道:"孩子们,小心水里

---

① 康琼·阿米西(1957—),布隆迪歌手、词曲作者。

有鳄鱼……"在离岸十米远的地方,有一块和水面齐平的岩石,形状好像河马圆滚滚的背脊。我们一路赛跑,跑过石头的位置,然后在更远处的金属防波堤上碰头。我们从那里跳进绿松石般的水中,观察鱼儿在岩石间穿梭。当我沿着梯子从水里爬出来时,看到妈妈正站在湖滩上。她一身纯白的衣服,腰系栗色宽皮带,头绑红丝巾。妈妈做了个手势,要我们回来吃午饭。

吃完饭,爸爸开车带我们去吉温那森林看狒狒。我们在一条黏土小道上走了快一个小时,但除了几只绿色的蕉鹃,什么都没看见。弥漫在爸爸妈妈之间的紧张气氛让人难以忍受。他们都沉默着不说话,还故意避开对方的视线。我的鞋子里灌满了烂泥。阿娜跑在一家人的最前面,想要第一个看到猴子。

接着,爸爸带我们去鲁蒙盖参观一家生产棕榈油的工厂,一九七二年他刚到布隆迪的时候,曾负责监造这家工厂。工厂里的机器已经很旧了,整个厂房似乎覆盖着一层油腻腻的东西。成堆的棕榈果被堆在大块的蓝色篷布上晒干。工厂周围,方圆好几公里内都是棕榈树。正当爸爸向我们解释榨取棕榈油的不同步骤时,我看见妈妈向停车的地方慢慢走远了。过了一会儿,我们继续上路,妈妈摇上车窗玻璃,打开空调。她往单放机里插入一盘哈德加·宁[①]的磁带,我和阿娜便

---

① 哈德加·宁(1959—),布隆迪歌手、音乐人。

一同哼唱起《桑波瑞拉》来。妈妈为我们伴唱,她的嗓音极其美妙。它轻触灵魂,像一股冷气似的让人轻轻战栗。我们很想按下暂停键,只听她一人歌唱。

　　从鲁蒙盖市场经过时,爸爸换了加速挡,他趁着车子加速,顺势把手放在妈妈的膝盖上。妈妈猛地把它拨开,那模样好像赶走一只落在盘子上的苍蝇。爸爸急忙往后视镜里看过来,我把头转向窗外,假装什么都没看见。到距离布琼布拉三十二公里的时候,妈妈下车买了几个乌布萨维球(一种木薯做的凉糕),小贩把它们装进盒子,用香蕉树叶包着。旅途快要接近尾声了,我们在利文斯敦-斯坦利①纪念碑旁作最后的停留。石块上刻着"利文斯敦,斯坦利,25-XI-1889"的字样。我和阿娜假装自己就是探险者本人,想象他们相遇时的情景:"我想,您就是利文斯敦博士吧?"这时,我终于看到远处的爸爸妈妈打破沉默,开口说话了。我满心希望他们能言归于好,希望爸爸用他粗壮的手臂紧紧抱住妈妈,妈妈把头搁在爸爸的肩窝里,然后他们俩手牵着手,像恋人一样在香蕉树下围成一个圈。然而,看到后来,我终于明白他们是在吵架,两人都大幅地挥舞着手臂,用食指指着对方的鼻子,他们都在责怪对方。一阵温柔的风把他们的争吵声阻隔在远处。在他们身后,香蕉树被果实压弯了腰,一群鹈鹕飞过岬角,红色的夕阳

---

① 大卫·利文斯敦(1813—1873),英国探险家、传教士,非洲探险最伟大的人物之一。亨利·莫顿·斯坦利(1841—1904),英裔美国记者、探险家,曾远征中非,寻找与外界失去联络的利文斯敦。

缓缓隐没在西面的大高原背后,一道耀眼的阳光笼罩在银光闪闪的湖面上。

夜晚来临,妈妈的愤怒让家里的四面墙都颤抖了。我听到玻璃杯砸碎的声音,听到窗户打破的声音,还有盘子在地上砸得粉碎的声音。

爸爸不断地重复说:

"伊冯娜,冷静些。你把整个街区的人都吵醒了!"

"你快滚吧!"

呜咽让妈妈的声音听起来好像一股裹挟着沙砾和泥巴的激流。整个夜晚回荡着她断断续续的说话声和嗡嗡震动的咒骂声。吵闹的声音现在转移到院子里。我的窗户下传来妈妈声嘶力竭的喊叫,还有汽车挡风玻璃被砸碎的声音。安静了一会儿后,暴力的声音又重新在四周响起。透过门缝漏出的光线,我看到爸爸妈妈来来回回地踱着步。我用小拇指在蚊帐上掏出一个洞。各种混杂的声音拧在一起,时而低沉时而尖锐,它们在铺地的方砖上弹跳,在房间的吊顶下回响。我分不清那是法语还是基隆迪语[①],是尖叫还是哭泣,是爸爸妈妈在大打出手,还是整个街区的狗在拼命地狂吠。我最后一次紧紧抓住自己的幸福,但无论怎么用力,它还是从我手中溜走了。幸福好像浑身涂满了鲁蒙盖工厂流淌出的棕榈油,刺溜

---

① 基隆迪语是布隆迪官方语言之一,在布隆迪有六百万使用者,在坦桑尼亚、刚果民主共和国也有使用。

一下,从我的手中溜走。是的,这是我们一家四口人共同度过的最后一个星期天。那天夜里,妈妈离开了家,爸爸压抑住哭泣的声音,就在阿娜握紧双拳沉沉睡着的时候,我的小拇指撕开了那顶一直以来保护我不受蚊子叮咬的蚊帐。

4

等一切尘埃落定,马上就是圣诞节了。为了争我和阿娜跟着谁过节,爸爸妈妈之间的战争再次爆发了,最后他们达成协议,圣诞节我跟爸爸过,阿娜跟妈妈去看望欧塞比。欧塞比是妈妈的一个姨妈,住在卢旺达的基加利。这是妈妈自一九六三年离开卢旺达后,第一次回到那里。卢旺达爱国阵线与政府间达成了新的和平协议,那里的局势似乎比之前稳定了些。爱国阵线的成员,都是些和妈妈年龄相仿、童年就流亡国外的人。

爸爸和我过了一个孤零零的圣诞节。我收到一辆红色的BMX自行车①做圣诞礼物,车把上还挂着装饰用的彩带。到了圣诞节当天,天刚亮,爸爸还在睡梦里,我就兴高采烈地推着车,去给住在巷口的双胞胎兄弟瞧瞧。双胞胎的家在我家正对面。他俩看到这辆车大吃一惊,然后我们就在石子路上玩起漂移②来。玩到一半,爸爸穿着条纹睡衣怒气冲冲地赶来了。他当着小伙伴的面给了我一耳光,为的是我竟然一大早就偷偷离开家,还敢不告诉他。我没有哭,或者只是流了几滴眼泪。当然,那是因为车轮在地上摩擦,扬起了好多尘土,又

---

① BMX自行车又称小轮车,是一种车轮直径为20英寸的自行车。
② 原文为斯瓦希里语。

或是有只小飞虫飞进了眼睛,弄得我双眼发痒,总之我也说不明白。

到了元旦那天,爸爸决定带我去基巴拉森林里徒步。夜晚,我们来到烧陶人居住的村庄,在矮个子的俾格米人①家中借宿,那里的海拔超过两千三百米。夜晚的气温一直在零度左右徘徊。午夜时分,爸爸同意让我喝几口香蕉啤酒,暖暖身子,庆祝刚刚到来的一九九三年。然后,我们在一片夯实的土地上席地睡下,大家围着火堆,身体紧挨在一起。

第二天清晨,烧陶人的脑袋底下还枕着装香蕉啤酒的葫芦,他们大声打着呼噜睡得正熟,我和爸爸就踮起脚尖,悄悄地离开了茅屋。屋外,白霜覆盖地面,露水凝成洁白的晶体,厚厚的浓雾包裹住桉树的树梢。我们沿着森林里一条曲曲折折的小路走着。在一段腐烂的树桩上,我抓住一只黑白相间的巨大的金龟子,把它装入金属盒,打算用它作为自己收藏昆虫的开始。太阳在天空中越升越高,气温逐渐上升,拂晓的凉爽消失了,变成一种黏糊糊的潮湿。爸爸一言不发地走在我前面,汗水让他的头发紧贴脖子,微微卷曲,发色显得更暗了。我们听到狒狒的叫声在林间回荡。有时,一片蕨类植物的叶子突然晃动起来,显然是有一只薮猫或麝猫被我惊动了。

太阳快落山的时候,我们遇到一群带着巴仙吉猎犬的俾格米人。他们从铁匠居住的村落来,那里是海拔更高的山

---

① 这里所说的俾格米人即序言中提到的特瓦人。

区。俾格米人刚刚结束狩猎回来,他们的肩上斜挎着弓箭,战利品里有鼹鼠、冈比亚鼠和一只黑猩猩。几千年来,这些小个子的人们的生活方式从未改变,爸爸对此很感兴趣。和这些人分手时,他不无忧伤地对我说,由于现代化、进步还有福音传播,可以预见这个世界将逐渐消亡。

在走回停车的地方之前,爸爸让我在最后一段小路上停下来。他拿出一次性相机,对我说:

"就站在那儿!我给你拍张照片做纪念吧。"

我爬上一棵像弹弓一样有分叉的大树,站在两个枝丫间。爸爸按下快门,注意!相机咔嗒一声响,然后传来胶卷倒回的声音。胶卷用完了。

回到前一晚借宿的村庄,我们向招待我们过夜的俾格米人表示感谢。汽车开动了,村里的孩子跟着跑出好几公里,他们还试着爬上汽车的后车厢,直到我们的车驶上沥青路才放弃。我们的车从布加拉马下山时,被一队冲刺的自行车骑手反超。这些骑车人仿佛神风敢死队队员一般,把自行车蹬得和汽车一样快,还往后车架压上数十斤沉甸甸的香蕉串或是装满木炭的袋子。这个速度下,翻车的结果是致命的。稍微偏离公路便会坠入悬崖底,那里是摔得粉碎的坦桑尼亚卡车和小巴士的葬身之地。公路另一侧,同样的一队骑车人在首都卸去货物后,偷偷勾住前面卡车的后保险杠,跟着卡车爬坡越岭。我见状便开始幻想骑上我那挂着彩带的红色BMX自行车,全速冲下布加拉马的山道,遇到转弯也绝不减速,一辆辆超过前面的小汽车还有卡车,和它们来一场疯狂的追逐赛。等到了布琼布拉,双胞胎兄弟、阿尔芒和吉诺像迎接环法自行车赛冠军一样,为我热烈地欢呼。

我们回到家时,已是深夜。大门外挂上了"内有恶犬①"的牌子,爸爸按了好几下喇叭,园丁才一瘸一拐地过来开门,身后跟着我家的卷毛小狗。小狗长着白色和红棕色夹杂的卷毛,是马耳他比熊和捕鼠犬的串串,平时负责看守大门的工作。爸爸一下车,就问园丁:

"卡利斯特去哪儿了?怎么是你来开门?"

"老板,卡利斯特不知道去哪儿了。"

小狗一路跟着他们。它没有尾巴可摇,便摇晃屁股,表示高兴。它咧开嘴的样子,看起来好像是在微笑。

"不知道去哪儿了?怎么回事?"

"他今天一大早就出门去了,之后再也没有回来。"

"这又是怎么回事?"

"卡利斯特遇到麻烦了,老板。昨天我们一起过了新年。我睡着之后,他走进店里,偷了好多东西。然后,他就再也没有回来……我知道的就这些了。"

"他偷了什么?"

"一辆手推车、一个工具箱、一台砂轮机、一块电烙铁、两罐涂料……"

---

① 原文为斯瓦希里语。

园丁还想继续说下去,爸爸却挥了挥手,让他不要再说了。

"好极了!好极了!等到星期一,我就去报案。"

园丁又补充了一句:

"他还偷了加布里耶先生的自行车。"

听到这句话,我的心猛地沉到谷底。不可能。我无法想象卡利斯特敢做这样的事。我热泪滚滚地号啕大哭起来。我恨这个世界。爸爸反复安慰我说:"我们会找回你的自行车的,加比,别难过了。"

5

接下去的那个星期天一过,就是我们回学校的日子。阿娜从卢旺达回来了。一过中午,妈妈就把她送回了家。阿娜头上梳着细细的小辫子,扎着金黄色的发绳。爸爸不喜欢这打扮,他觉得这颜色对小姑娘来说,又土又俗。结果爸爸和妈妈又吵了起来,妈妈一气之下骑上摩托车走了,我都来不及吻吻她,对她说一声新年好。我在门口的台阶上,呆呆地站了好长时间,我相信等妈妈想起刚刚把我忘了,一定会再回来的。

过了一会儿,邻居家的双胞胎兄弟跑来找我。他们告诉我,自己的新年是去乡下的外婆家过的。

"太可怕了!那里连浴室都没有,要洗澡的话,必须站在院子里,当着所有人的面,脱个精光。我发誓这是真的,加比,以上帝的名义!"

"而且乡下的小孩没见过我们这样的混血儿,总是跑来隔着栅栏偷看我们。他们还大声嚷嚷什么'看那小白屁股'!太气人了。外婆向他们扔石头,才把他们都赶跑。"

"这个时候,她发现了原来我们没有行过割礼。"

"你知道什么是割礼吗?"

我摇了摇头。

"就是把小鸡鸡切掉一部分!"

33

"外婆让索斯丹尼舅舅给我们行割礼。"

"当时,我们也不明白到底是要干什么。刚开始的时候,我们都没把它当回事。外婆和舅舅说基隆迪语,我们一句都听不懂,可她不停地用手指我们的裤裆。我们预感外婆和舅舅正在谋划什么见不得光的事,很想把爸爸妈妈找来。但我得说那里真是乡下地方,没有电话,没有电。厕所就是地上挖的一个洞,周围停满了苍蝇!我发誓,以上帝的名义!"

双胞胎兄弟每次发誓,一边说着"以上帝的名义",一边用手指在脖子上比画一下,好像是把手指当作杀鸡用的小刀,比画完后还在空中打个响指,拇指对上食指,啪的一声!

"索斯丹尼舅舅带了两个大表哥过来,戈德弗罗伊和巴尔塔扎尔。他们把我们带到村口的一间小房子里,房间的泥地上摆着一张木头桌子。"

"舅舅在杂货铺里买了块剃须刀片。"

"戈德弗罗伊把我的手臂反剪到背后,巴尔塔扎尔压住我的腿。然后舅舅拉下我的裤子。他一把抓住我的小鸡鸡,把它放到桌上,接着掏出吉列剃须刀片,拉长我的包皮,刺啦一下!就把多出的包皮割了下来!然后,他又往我的伤口上倒了点儿盐水消毒。我发誓这是真的,以上帝的名义!"

"天哪!我见状不妙,马上像被猎豹追捕的黑斑羚一样,往山里跑去。但表哥们把我抓了回来,按住我的手脚,然后刺啦一下!一模一样!"

"这之后,索斯丹尼舅舅把我们割下的包皮放进火柴盒,交给外婆。外婆打开盒子,检查舅舅干的活儿。我发誓,这时外婆脸上浮现出满足的表情,就跟滚石乐队的那首歌①一个样。最后,她把我们割下的包皮埋进香蕉树下的一小块地里,作为这件事的圆满结局!"

"它们已经升上了包皮的天堂!愿上帝保佑它们的灵魂!"

"阿门!"

"然后呢,这事儿还没完!我们还得像女孩子一样穿上裙子,因为裤子会摩擦伤口,你懂的。"

"你们穿了裙子,这可是丢脸丢到家啦,亲爱的!"

"假期结束的时候,爸爸妈妈来接我们,他们看到我们这身打扮,大吃一惊。爸爸问是谁让我们穿成这样的。"

"我们把前因后果一说,爸爸就冲外婆大发雷霆。他说我们是法国人,不是犹太人!"

"妈妈向他解释说,这样做是为了卫生,不想留下藏污纳垢的地方。"

双胞胎兄弟每次讲完他们的故事,总是一副上气不接下气的模样。他们手舞足蹈地想把事情说明白,还原出最微不足道的细枝末节。就算是聋子,也能明白他们在说什么。这两兄弟一开口,单词和句子便互相推搡着,接二连三地迸出来。一个人话音刚落,另一个马上接上话,就跟接力赛时交接

---

① 这里指滚石乐队演唱的歌曲《满足》(*Satisfaction*)。

棒一样。

"我不信!"我对他们说。

这么说是因为双胞胎平时也很喜欢说谎话。只要一个开头撒了谎,另一个不用提前商量好,也能立即把谎话接下去。这是一种真真正正的天赋。爸爸说,他们俩是鬼话连天的艺术家,是玩弄真相的魔术师。我对双胞胎说,他们是在骗我呢,他俩便齐声回答道:"我发誓这是真的,以上帝的名义!"然后,拿手指在脖子旁一比画,再在空中打个响指,大拇指对上食指,啪的一声!说完,他俩不约而同地脱下裤子,露出两块紫红色的嫩肉。我感到一阵恶心,赶快闭上眼睛。双胞胎穿上裤子的时候,又加了一句:

"你知道吗,我们在外婆住的村子里,看到有人骑着你的车。我们发誓这是真的,以上帝的名义!"

6

"加比！加比！"爸爸嘶哑的声音把我从梦中叫醒。我担心上学会迟到,赶快爬起床。平时,我早上总是起不来,必须由爸爸把我叫醒。可阿娜,她却总能先我一步,洗漱完毕。她把辫子梳得整整齐齐,戴好发夹,浑身涂满椰子味的身体乳,还把牙齿刷得干干净净,皮鞋擦得锃亮。她还会提前一个晚上,把水壶放进冰箱,这样第二天一整个上午都能喝上清凉的水。她总是提前完成作业,用心学习功课。阿娜真是个了不起的小女孩！虽然她比我小三岁,但在我心里,她才是姐姐。我经过走廊,看到爸爸房间的门紧紧关着。原来他还在睡觉。我又被骗了:刚刚是鹦鹉模仿爸爸的声音,把我叫醒了。

我来到露台上,正对着鹦鹉笼子坐下。鹦鹉正用爪子牢牢抓住一堆花生。它用钩子一样的尖嘴,啄碎花生壳,再掏出果仁。它冲我看了看,黄色的眼睛里嵌着黑色的瞳仁,然后又模仿了一段爸爸教给它的《马赛曲》的开头。唱完,它把脑袋伸出笼子的栅栏,让我摸摸它的头顶。于是,我把手指伸进灰色的羽毛底下,能感觉到它脖子上粉红色嫩肉的温度。

院子里,一群大鹅排成一列,从坐在席子上的守夜人面前走过。守夜人身披一块灰色的厚毯子,下巴以下都遮得严严实实,身边摆着他的小收音机,里面传来用基隆迪语播的早间新闻。就在这时,普罗多穿过大门,走上小径,爬上通往露台的三级台阶,冲我打了个招呼。他瘦了许多,瘦削的轮廓让他更显老了,尽管平时他的模样看着就比实际年龄大。普罗多最近几周都没有来干活,脑型疟疾差点儿要了他的命。爸爸替他付了看大夫的钱还有药钱。我跟着普罗多走进厨房,看他在那里脱去平时穿的衣服,换上工作服:一件穿旧了的衬衣、一条太短的裤子,还有一双荧光塑料凉鞋。

"加布里耶先生,你想吃摊鸡蛋,还是煎鸡蛋?"他一边打开冰箱查看里面的存货,一边问道。

"我要两个煎鸡蛋,拜托你了,普罗多。"

阿娜和我坐在露台上,等待着我们的早餐,这时,爸爸来了。他的脸上有几道浅浅的刮伤,左耳朵下面还挂着一点儿剃须泡沫。普罗多用大托盘送上早餐,包括一壶膳魔师保温瓶装的热茶、一罐蜂蜜、一碟奶粉、一些人造奶油和醋栗果酱,还有照我的口味煎得金黄松脆的鸡蛋。

"早啊普罗多!"爸爸打量着普罗多灰败的脸色说。

厨师羞涩地点了点头作回答。

"你看上去气色好多了!"

"是的,好多了呢,非常感谢,先生。谢谢您的慷慨相助。我们全家都非常感谢您。我们会为您祈祷的,先生。"

"不用感谢我。你知道的,我替你付的钱,以后从你的工资里扣。"爸爸用平静的声音说。

普罗多的脸色一下子暗下来。他收起托盘,背影消失在厨房里。这时,多纳蒂安摇摇晃晃地迈着步子走过来。他身穿一件衣料轻薄的深色短袖外套,里面没穿衬衣,也没系领带,这是蒙博托给所有扎伊尔人规定的服装,说是要跟殖民时代的穿着习惯一刀两断。多纳蒂安跟着爸爸干了二十年,是爸爸手下最可靠的人。工地上的工人都管他叫"姆兹",意思是老头儿,他们也不管其实多纳蒂安才刚过四十。多纳蒂安是扎伊尔人,中学毕业后,来到布隆迪,进入当时由爸爸监工的那家鲁蒙盖棕榈油工厂工作。打那以后,他就再没回过扎伊尔。他现在和妻子还有三个孩子,住在布琼布拉北部的卡蒙日街区。平时,他的衬衣袋口总是露着几个圆珠笔帽,只要一有空闲,他就从鳄鱼皮手提包里掏出《圣经》,读上几段。每天早晨,爸爸会把当天的工作要求告诉多纳蒂安,然后再给他一笔钱,让他去雇短工。

又过了一会儿,轮到伊诺桑①走上露台,他是来向爸爸取小卡车的钥匙的。伊诺桑是一个二十岁上下的布隆迪小伙子。他的身材又高又瘦,额头上有一道竖着的疤痕。这道疤让他看起来有点儿严肃,不过这应该正是他想要的效果。伊诺桑的嘴里永远叼着一根万年不换的牙签,一边嚼完又换到另一边。他穿着宽大的裤子,戴着棒球帽,脚蹬白色的大号篮球鞋,手腕上还套着红黄绿三色的海绵腕带,那是泛非主义的象征色。伊诺桑和其他工人在一起时,态度总是很恶劣,一副

---

① 法语即无辜的意思。

趾高气扬的样子,但爸爸很看重他。因为伊诺桑不只是个司机,还是爸爸手下的万金油。他对布琼布拉的一切都了如指掌,干什么事都有门路。比维扎的汽车修理工、布扬济的钢筋工、亚洲城的商贩、穆哈军营的士兵、吉维加比的妓女、中央市场卖肉丸子的小贩……他总是知道该找谁打通关节。滞留在小公务员办公桌上好几个月的行政申请手续,到了他手上,马上就能办完。就连警察也从不找他麻烦,街上的孩子还肯免费帮他看车。

爸爸交代完事情,把保温壶里的残茶倒进花盆,盆里的夹竹桃叶子无精打采地耷拉着。他对着鹦鹉哼了两秒《马赛曲》,然后就领着我们上了车。

7

布琼布拉市的法国学校坐落在一块开阔的土地上,里面从托儿所到毕业班,一应俱全。学校有两个校门,一个朝向路易·鲁瓦加索尔王子体育场和独立大道,供大孩子进出,校门直通学校的行政楼和初高中班教室;另一个位于穆因加大街和民族进步联盟大道的转角处,供托儿所的孩子进出。学校的正中是小学部。爸爸照习惯让我们在小孩子进出的门口下车。

"伊诺桑中午会来接你们,带你们去妈妈的店里。我要明天才回来,这次的工地在内地。"

"好的,爸爸。"阿娜听话地回答道。

"加布里耶,下个星期六,你和伊诺桑还有多纳蒂安一起去锡比托凯,把自行车的事儿解决掉。你和他们一起去,把车认清楚。你的车会找回来的,别担心了。"

那天早上,班级里的气氛特别热闹。老师交给每个人一封信,信是法国奥尔良一所小学五年级班上的学生寄来的。我们迫不及待地想知道自己的笔友是怎么样的人。给我的信封上,用粉红色的大写字母写着我的名字,四周画满法国国旗、星星还有爱心。信纸散发出一股甜美的香气。我小心翼

翼地展开信纸,只见上面字迹工整,字母全都倒向左边:

1992年12月11日　星期五

亲爱的加布里耶:

　　我叫萝拉,今年十岁。我和你一样,现在上五年级。我住在奥尔良,家里还有一个花园。我的个子很高,有一头长到肩膀的金色长发。我的眼睛是绿色的,脸上还有点儿褐色的雀斑。我的弟弟叫马修。我的爸爸是医生,妈妈待在家里不上班。我喜欢打篮球,还会做薄饼和糕点,你呢?

　　我也喜欢唱歌和跳舞,你呢?我喜欢看电视,你呢?我不喜欢读书,你呢?我长大后,要和爸爸一样做医生。我每个假期都去旺代[①]的亲戚家。明年,我还要去一个叫迪士尼的新游乐园玩。你知道迪士尼吗?可不可以给我一张你的照片呢?

　　我迫不及待地想收到你的回信。

　　吻你

萝拉

附:你收到寄给你们的大米了吗?

[①] 法国西部沿海省份。

萝拉在信里还附了一张照片。她的模样很像阿娜的洋娃娃。我觉得这封信让人怪难为情的。读到"吻你"两个字的时候,脸唰的一下变得通红。这种感觉好像是收到了一个装满甜点的包裹。我突然看到一个从未想象过的神秘世界在眼前打开了大门。萝拉,这个法国小姑娘,她有着绿色的眼睛、金色的长发,正在某个遥远的地方,准备拥吻我,拥吻住在基纳尼拉街区的加比。我怕有同学看出自己心情激动,急忙把萝拉的照片收入书包口袋,把信放回信封,在心里盘算着应该把自己的哪张照片寄给她。

接下去的时间里,老师要我们每人给笔友写一封回信。

1993年1月4日　星期一

亲爱的萝拉:

我的名字叫加比。怎么说呢,所有东西都有名字。公路、树木、昆虫……比如说我住的地方,叫基纳尼拉。我住的城市叫布琼布拉。我在的国家叫布隆迪。我的妹妹、妈妈、爸爸,还有小伙伴们,每人都有一个名字。一个他们没法选择的名字。大家的名字在出生时就定了,就像上面说的。有一天,我让自己喜欢的人不要再叫我加布里耶,要改叫我加比。这样就没人能代替我做选择了。你能叫我加比吗?我有一双栗色的眼睛,所以我看到的所有人都是栗色的。我的妈妈、爸爸、妹妹、普罗多、多纳蒂安、伊诺桑,还有小伙伴们……他们都是咖啡加奶的颜色。每个人都透过自己眼睛的颜色看世界。你有一双绿色的眼睛,那么在你眼里,我就是绿色的了。我喜欢很多自己并不喜欢的东西。我喜欢冰淇淋的甜味,但不喜欢它冰冰凉的。我喜欢游泳池,但不喜欢漂白粉的味道。我喜欢学校里的小伙伴和气氛,但不喜欢上课。语法、动词变位、减法、作文、体罚,这些都是最讨厌的,也是最野蛮的!以后,等我长大了,我要做个生活绝不掉链子的机械师。东西坏掉的时候,必须知道该怎么修理。不过,这是很久以后的事了,现在我才十岁,时间过得很慢,尤其是每天下午不上课的时候,还有每个星期天,我在外婆家觉得无聊的时候。两个月前,我们在学校的操场上打了脑膜炎疫苗。要是得了脑膜炎,那就麻烦了,据说生病的人根本没法思考。所以,校长要求所有家长都得同意让孩子打疫苗,这很正常,要是我们得了脑膜炎,那就是他的责任了。今年,布隆迪会举行一场总统选举。这是布隆迪头一次搞选举。我还不能投票,得等我成为机械师之后才行。不过我会告诉你最后是谁当选的。一言为定!

再见

吻你

加比

附:大米的事情,我会去问问的。

8

　　我和伊诺桑还有多纳蒂安，一大早就上了路。虽然小卡车的后车厢满满当当，里面堆着水泥袋、铲子和十字镐，但它却开得比往常更快。当我们离开布加①，穿过第一道军事障碍时，一个念头忽然从我的脑海中闪过：我们三人的组合太奇怪了，如果被士兵拦下，又该如何解释呢？告诉他们说，我们天刚亮就动身赶往这个国家的另一端，就是为了找回一辆被偷走的自行车？不用说，我们的形迹可疑极了。伊诺桑手握方向盘，嘴里还嚼着那根永远嚼不烂的牙签。这癖好让我觉得恶心。在布琼布拉，所有想充男子汉的家伙都喜欢这么干。他们以为叼根牙签，就有男人味，自己就是西部牛仔了，全都是些和伊诺桑一样的货色。很显然，这股风潮的源头是某天下午，有个可怜的家伙在卡美奥电影院看完克林特·伊斯特伍德②的电影后，想有样学样，出出风头。然后没过多久，这股时髦的潮流像一阵风似的传遍整个城市。在布琼布拉，传播最快的东西有两样，第一是小道消息，第二就是赶时髦的潮流。

　　多纳蒂安坐得很不舒服，出发后，他一直噘着嘴。他的位置在驾驶室的正中，换挡杆让他没法舒舒服服地伸开双腿。

---

① 布琼布拉的简称。
② 克林特·伊斯特伍德（1930—　），美国演员、导演、制片人。

多纳蒂安只能侧着身子坐,左肩抵住伊诺桑的肩膀,把双腿歪着。我心血来潮地要求靠窗坐,遇到下雨天,我最喜欢看雨滴顺着车窗玻璃,你追我赶地往下淌,还有冲着窗玻璃呵气,拿水汽蒙蒙的玻璃做画布。这是在布隆迪作长途旅行时最好的消遣。

车开到锡比托凯时,雨停了。多纳蒂安不答应开车去双胞胎的外婆家,因为那段路满是泥泞,我们的车随时有可能陷入泥潭。他建议我们下车走过去,但伊诺桑不愿弄脏他的白球鞋。于是,我和多纳蒂安下车步行,把伊诺桑一人留在卡车里,继续舔他的烂牙。

一踏入山区,放眼望去,四下无人,但就算如此,也总有几百双眼睛在暗中看着。我们人还在几公里外,来到此地的消息却从一栋茅屋传到另一栋,传遍了全村。于是,当我们到双胞胎的外婆家时,她早已端着两杯凝乳在等我们了。多纳蒂安和我都不太会说基隆迪语,尤其是山区人说的那种复杂的、充满诗意的基隆迪语。在这里,仅凭几个斯瓦希里语词还有法语词,可没法弥补语言上的缺陷。我没有正式学过基隆迪语,因为在布加,所有人都说法语。而多纳蒂安又是出生在基伍①的扎伊尔人。那里的人们通常只说斯瓦希里语和索邦大学式的正统法语。

不扯远了。在布隆迪,我们没法和像双胞胎的外婆那样

---

① 基伍,刚果民主共和国基伍湖周边地区的统称。

的人交流。他们说的基隆迪语有太多微妙的地方,里面充斥着上古时代的谚语还有石器时代的表达方式。多纳蒂安和我的基隆迪语水平还远远不够格。不过,老太太仍旧试着向我们解释了该去哪儿寻找自行车的新主人。她说的话我们一个字都听不懂,于是我们只能带上戈德弗罗伊和巴尔塔扎尔,大名鼎鼎的割小鸡鸡表兄二人组,赶回停车地,去找伊诺桑。有了伊诺桑,就等于有了翻译。这对表兄弟坐进小卡车的后车厢,他们答应替我们指路。我们重新上了沥青路,在出城两公里的地方,拐进另一条乡间小路,来到一个村子里。我们在那里找到一个叫马修斯的家伙,之前被双胞胎看到在骑我自行车的人就是他。然而,这位马修斯已经把我的自行车卖给了一个住在吉侯巴的人,那人名叫斯塔尼斯拉。我们又坐上车,带着表兄二人组,还有马修斯上路。等我们找到这位大名鼎鼎的斯塔尼斯拉,却发现他早已把车卖给了库里吉塔里的一个养蜂人。于是我们再次上路,向着库里吉塔里的方向进发,这次车里多了斯塔尼斯拉。等找到养蜂人,同样的一幕又一次上演,于是我们带上他,在他的指引下,去找自行车的新主人,据说那是一个住在吉塔巴的家伙,名字叫让-博斯科。等我们到了吉塔巴,却被告知让-博斯科人在锡比托凯。于是我们又回到锡比托凯。在那里,让-博斯科告诉我们,他刚刚把车卖给了一个吉塔巴的农夫……

我们再次掉转车头。这次,在经过锡比托凯的一条主干道时,警察把我们拦了下来。他问我们,车厢里挤着九个人,到底是要做什么。伊诺桑把这个丢车找车的故事,原原本本地说了一遍。这时日近晌午,好奇的人们渐渐聚拢过来。我们的卡车周围很快围上了好几百看热闹的人。

对面有一家中央小酒馆,它是这个城市最大的酒精集散地。市长和几位当地的重要人物刚刚在那里吃完一份浸普里默斯热啤酒的烤羊肉串。聚集在我们周围的人群很快吸引了他们的注意。市长行动缓慢地从小凳子上站起身。他提了提裤子,打个饱嗝,调整下皮带,然后向我们走过来。只见他用啤酒肚、肥厚的下嘴唇还有鸭屎绿衬衣上的肉汁污迹,分开人群,那模样仿佛一只疲倦的变色龙。他的脸庞又窄又长,女人一样的大屁股却把肥肉直堆到背部中央,厚实的肚子紧绷绷的,好像怀孕足月的孕妇。市长大人的身形活像个葫芦。

正当围观的人们七嘴八舌、争论不休,我忽然在人群中瞧见卡利斯特的身影。卡利斯特,就是那个偷车贼……我刚刚喊出声,他就像一条绿眼镜蛇似的迅速逃开了。整个城市的人们都被惊动起来,他们乱纷纷地追着卡利斯特跑,这景象仿佛是午饭前要抓一只母鸡来宰。在沉闷的外省,临近中午的气氛令人昏昏欲睡,再没有比见一点儿血,更适合做打发时间的消遣了。民众的正义,不过是我们赋予暴力私刑的一个冠冕堂皇的称呼,这个词听起来更文明些。幸好,那一天,人们并没有机会将它付诸实践。他们抓住卡利斯特没多久,警察便很快赶来,终止了这场民主的棒打。市长试图控制局面:他摆出一副道貌岸然的模样,故作庄严地开始讲演成为一名正直公民的重要性,借此想让人们发热的头脑冷静下来。可是鉴于当时炎热的天气,他那充满抒情性的讲演收效甚微。市长不得不中途停下,回到真正属于他的位置上,用一杯啤酒平复自己发热的头脑。鼻青脸肿的卡利斯特被关入市镇监狱,多纳蒂安忙着提起诉讼。

尽管卡利斯特已被捉拿归案,但这对找回我的自行车来说,于事无补。于是我们决定回去找那个住在吉塔巴的农夫。要去吉塔巴,又得经过双胞胎外婆家门前的那条路。尽管多纳蒂安多次提醒,我们的车恐怕会陷入泥潭,但伊诺桑还是一意孤行,把车直接开上满是泥泞的小路。我们在吉塔巴的目的地,是一栋屋顶铺盖着香蕉树叶的泥筑小房子。茅屋位于山丘的顶端,眼前的风景令我们深深沉醉。雨后,天空如洗,一道道阳光投射在湿润的土地上。广袤的绿色平原升腾起阵阵螺旋形的玫瑰色雾气,鲁济济河赭石色的河水正从这片平原上流淌而过。多纳蒂安在一片充满宗教感的静谧中,欣赏着这番景象。趾高气扬的伊诺桑却露出一副无动于衷的表情,他用刚刚叼在嘴里的那根该死的牙签,清理指甲缝里的污垢。对他来说,万物之美毫无意义,他只在乎身体上的污垢。

院子里,一个跪在席子上的女人正忙着磨高粱。她身后,一个男人坐在矮凳上,招呼我们进去坐坐。他就是我们要找的农夫。要是换作爸爸,看到陌生人靠近我们家,一定会愤怒地大吼一声"你干什么",连个打招呼的机会都不给。而这里的人正相反,他们温文尔雅,彬彬有礼。虽然我们这些不速之客,神情古怪、冒冒失失地闯进大山之巅的这座小院落,却丝毫没被当成外人,反而体验到一种家的温暖。农夫招呼我们到小院里休息,他甚至都没问我们来干什么。看得出,他刚刚才从地里回来,脚上还沾着干泥点。他身穿一件打补丁的衬衣、一条棉布裤子,裤腿卷到膝盖。身后,一把沾满泥土的锄头挂在茅屋的墙上。一个年轻姑娘为我们搬来三把椅子,女人冲着我们微微一笑,继续用石头磨高粱。

我们刚在院子里坐下,一个和我同龄的小男孩就冒了出来,脚下踏着的正是我那辆自行车。我不假思索地从椅子上跳起来,冲过去一把抓住车把。这家人忙不迭地站起身,问我们发生了什么,投向我们的目光里满是惊慌失措。那男孩更是大吃一惊,甚至都忘了阻拦,任由我从他手中夺过自行车。空气中弥漫着尴尬的气氛,多纳蒂安推了推伊诺桑的肩膀,要他用基隆迪语向这家人解释。伊诺桑坐得正舒服,万般不愿地把屁股从椅子上挪开。他似乎早已厌倦了再次重复早些时候对警察们说过的话,于是就用干巴巴的语调,把整个故事从头到尾又说了一遍。这家人安安静静地听着。小男孩慢慢明白了事情的来龙去脉,他的脸色越来越难看。等伊诺桑把话说完了,农夫才开始向我们解释。他说自己省吃俭用,存了好久的钱,才给儿子买上这份礼物,他们一向遵纪守法,全家都是虔诚的天主教徒。他说话的时候,脑袋向左歪着,双手掌心朝天,好像是在请求我们不要伤害他。但伊诺桑却摆出一副不打算继续听下去的样子,他拿牙签掏了掏耳朵,聚精会神地打量起掏出的脏东西。这家人慌乱的模样让多纳蒂安很不安,然而他不敢开口。伊诺桑不等农夫把话说完,径直走到我身边。他一把抬起自行车,塞进小卡车的后车厢,举手投足间,都是不耐烦。他冷冰冰地建议这家人,去找让他们陷入不幸的罪魁祸首,也就是正被关在锡比托凯监狱的卡利斯特。他说,他们只需向卡利斯特提起诉讼,便能要回损失。说完,他向我做了个手势,要我上车。多纳蒂安拖着脚步,向我们走来了。我看得出,他正绞尽脑汁,想找出个解决办法。他回到驾驶室,坐在我身边,然后深深吸了口气。

"加布里耶,行行好吧,别拿走这辆自行车。我们现在做的事,比偷窃更糟糕。我们伤了一个孩子的心啊。"

"压根儿没影的事儿。"伊诺桑反驳说。

多纳蒂安的话让我很生气。"那我呢?"我对他说,"卡利斯特偷走了我的自行车,我的心也被伤透了。"

"我明白你的心情,但是,这辆车对那个孩子来说,远远比对你更重要。"多纳蒂安锲而不舍,继续劝我说,"那孩子家很穷,他的父亲得拼命工作,才能送他这份礼物。如果我们把这辆车拿走了,那他再也没机会拥有另一辆了。"

伊诺桑瞪了多纳蒂安一眼说:

"你以为自己是谁?丛林侠盗罗宾汉吗?就因为这家人穷困潦倒,我们就得把本不属于他们的财物留给他们?"

"伊诺桑,你和我都是在这种贫穷的环境下长大的。我们都知道,他们根本要不回钱,最后只是白白失去了多年的积蓄。我的朋友,你很清楚这事儿最后会怎么收场。"

"我不是你的朋友!还有,给你个建议:别再可怜这些人。生活在这片落后的土地上的人,通通都是小偷和谎话精,一个赛一个。"

"加布里耶,"多纳蒂安又转身对我说,"我们可以对老板说,没有找到你的自行车,他会给你再买一辆的。这算是我们之间的小秘密,行吗?上帝会原谅的,毕竟这么做的出发点是好的,是为了帮助一个贫穷的孩子。"

"你是要说谎话吗?"伊诺桑问道,"我还以为,你那高尚的上帝禁止你撒谎呢。别去烦加布里耶,别让他有负罪感。不管怎么说,只怪那孩子不走运,投生在那倒霉的农夫家。再说了,他要一辆BMX自行车做什么呢?我们走吧!"

我不想回头,也不想去看后视镜。我们的任务已经完成。我们找回了我的自行车。就像伊诺桑说的那样,其他的事情,与我们再无瓜葛。

几分钟后,我们的车陷入了泥潭,就像多纳蒂安预料的那样。他开始背诵《圣经》中的一个段落,说的是艰难时日里,自私自利的人们终将面临末日审判。多纳蒂安用低沉的嗓音,将种种令我害怕的故事娓娓道来。言下之意是上帝终要我们为犯下的过错付出代价。一路上,我为了躲避他的目光,假装自己睡得死死的。我很想替自己的做法找个借口,可惜只是徒劳,越发觉得羞愧难当。回到家的时候,我告诉伊诺桑还有多纳蒂安,这辈子都不会再碰这辆自行车了,我要为自己的行为赎罪。伊诺桑用一种不可思议的神情,直愣愣地看着我,然后他的表情松弛下来。他向报亭走去,打算再买一盒牙签,走之前,不忘愤怒地甩下一句:"真是个被宠坏的孩子。"多纳蒂安向我弯下腰,方方正正的大脑袋离我的脸庞只有几厘米。他呼出的气息很呛,有一股空着肚子才有的酸味。他的眼里燃烧着冷峻的怒火,目光仿佛直指灵魂深处。

"孩子,恶事已经犯下。"他一字一句地慢慢说道。

9

外婆住在布琼布拉的尼噶噶拉第二街区，非洲城署中一栋粉刷粗糙的绿色小房子就是她的家。她和她的妈妈，我的太外婆罗萨莉一起住。同住的还有她的儿子，我的舅舅帕西菲克。帕西菲克是个特别英俊的小伙子，正在圣阿尔伯高中读毕业班。整个街区的姑娘都为他神魂颠倒，可是他眼里却只有漫画、吉他还有唱歌。帕西菲克的嗓音没有妈妈美妙，但演唱的力量却超乎常人。他喜欢广播里循环播放的法国浪漫歌曲，爱情啊，忧郁啊，颠来倒去，唱个不停。只要能记住歌词，那曲子就仿佛是为他而写的。帕西菲克一开口，全家都安静了，就连不懂法语的太外婆罗萨莉也不例外。他闭上双眼，表情夸张，泪如雨下，大家一动不动听他唱，最多只是动动耳朵尖，就像浮在码头水面上的河马。

非洲城署里的邻居，大多数是来自卢旺达的难民，他们为了躲避大屠杀、战争、种族清洗、毁灭、大火、舌蝇、劫掠、种族隔离、强奸、谋杀、清算以及别的我不知道的事情，背井离乡。妈妈和她的家人也是，他们逃离了上述种种问题，然而又在布隆迪遭遇了新的麻烦——比如贫困、被排挤、供应配额、仇外情绪、代人受过、失望、思乡还有忧郁，都是些难民需要面对的问题。

我八岁那年,卢旺达爆发了战争。那时,我刚上三年级。我们在法国国际广播电台里听到反叛者的消息,卢旺达爱国阵线出其不意地对政府军展开进攻。来自邻国乌干达、布隆迪、扎伊尔等地的卢旺达难民组成了这支队伍,他们大多是妈妈和帕西菲克的同龄人。听到这消息后,妈妈又唱又跳,兴奋了好一阵子。我从未见她如此开心过。

然而,妈妈的快乐只持续了很短一段时间。几天后,传来阿尔封斯舅舅的死讯。阿尔封斯是妈妈的二弟,也是家里最大的男孩。他是一个非常优秀的男人,外婆为他深感骄傲。他是物理化学工程师,拥有美国和欧洲多所知名院校的专业文凭。阿尔封斯曾替我补过数学,正是他让我产生了要当机械师的念头。爸爸很喜欢他,总是说:"要是布隆迪能出十个阿尔封斯,那赶上新加坡就指日可待了。"阿尔封斯读书的时候,并不特别用功,但每次成绩出来,却总是班上的第一名。他整天嘻嘻哈哈,吵吵闹闹,不是挠挠我们的胳肢窝,就是亲亲妈妈的脖子,故意惹她生气。他一放声大笑,快活的空气便充满外婆家小客厅的各个角落。

阿尔封斯舅舅上前线时,没有和任何人告别,也没有留下只字片语。卢旺达爱国阵线的人,并不在乎他有几个文凭。在他们眼里,阿尔封斯只是个普通士兵,和其他士兵没什么两样。他在那里死去,英勇地死去,为了一个他并不了解也从未踏足过的国家。他在那里死去,在泥沼中,在木薯地里,在绞肉机式的一场战役中死去。他死的时候,和其他不识数、不认字、不会读写的人,没什么两样。

阿尔封斯舅舅喝多了,脸上便会流露出游子远离祖国的忧伤。有一天,他像是有预感似的,提起自己的葬礼。他说,自己死后想要一场盛大的庆祝活动,就像中央市场上的盛大节庆,小丑、杂耍艺人轮番登场,五色彩旗迎风飘扬,喷火表演、露天说书,精彩纷呈,至于沉重的哀乐、西缅颂①还有送葬队伍,通通都不用。为阿尔封斯舅舅送葬那天,帕西菲克取出吉他,演唱了他最喜爱的歌曲。这首歌唱的是从前有个士兵,揭穿了战争的荒谬。这正是阿尔封斯舅舅的写照,看似外表古怪,实则内心忧伤。然而,帕西菲克并没能把这首歌唱完,他的嗓子哽咽了。

到如今,决定上战场的人,换成了帕西菲克。这想法他只对外婆说过。因此,等到星期天早晨,全家做完弥撒回家吃饭,妈妈完全没料到会在饭桌上提起这件事。

"帕西菲克,我们很担心你。基恩伊教授联系了外婆。你不想继续在圣阿尔伯特读书了?"

"所有和我同年级的卢旺达学生都上了前线。姐姐,我也准备走了!"

"再等等吧。和平协议很快就会起作用的。十天前,我去基加利看欧塞比姨妈,那里的人对和平协议抱有很大的希望,

---

① 根据福音书编写的天主教歌曲。

问题可以通过政治途径解决。再耐心等等吧,就当姐姐求你了!"

"我压根儿不信这些极端主义者。卢旺达政府说一套做一套,对外对内,完全是两副嘴脸。在国内,穷兵黩武,利用媒体鼓吹暴力,屠杀报复,无所不用其极。政客们到处煽风点火,鼓动民众对我们赶尽杀绝,还扬言要把我们通通扔进尼亚瓦龙古河里喂鱼。所以,我们也必须得组织起来。做好准备,一旦和平协议破裂,随时能投入战斗。姐姐,这才是我们的生存之道。"

长辈们没有说话。妈妈闭上双眼,用手去揉太阳穴。邻居家的收音机里传来圣歌的声音。我们能听见餐叉在碟子上碰得叮当响。一阵微风吹开了窗帘。屋里很热,一层细密的汗珠在帕西菲克漂亮的皮肤上闪闪发亮。他嘴里嚼着牛肉块,下巴肌肉绷得紧紧的。我猜,饭桌上的人都有说不出口的话,就是阿尔封斯舅舅的死——好像阿娜从番茄酱里挑出的苍蝇,想装看不见都不行。

午饭过后,外婆要求所有人都回房休息。和往常一样,我在帕西菲克的房间里睡午觉,那原是妈妈结婚前的闺房。房间没有窗户,只摆着两张行军床,一边一张。裸露的电线吊着一个涂成红色的灯泡,朝贴满海报的绿色墙面投去惨淡的光线。帕西菲克直接睡在光秃秃的床面上,据他说,这是为了提前适应前线艰苦的环境。他还每天早起,和一小群卢旺达年轻人去沙滩锻炼身体。他们沿着海岸线,在沙地上跑步。某些日子,他只吃一把四季豆充饥,说是为了体验一下饥饿和贫瘠的感觉。

我躺在床上的时候,又一次想起那个因为我失去了自行车的男孩,想起多纳蒂安对我讲的大道理,想起他说的上帝造物、自我奉献、牺牲,还有所有这些让人深感羞愧的事……自打昨天过后,我觉得自己既自私又虚荣,整件事让我羞愧难当。虽然只是想要回属于自己的东西,我却因此从受害者变成了凶手。我觉得自己得找个人聊聊,赶走心里的阴云。于是,我小声问道:

"帕西菲克,你睡着了吗?"

"嗯……"

"你相信上帝吗?"

"什么?"

"我说你相信上帝吗?"

"不相信,我是个共产主义者。我相信人民。好了,别烦我了!"

"你床头日历上的人是谁?"

"他是弗雷德·赫维盖马,卢旺达爱国阵线的领导人,一个大英雄。我们的战斗全靠他的领导。他让我们重拾了骄傲。"

"就是说,你会和他并肩战斗?"

"他已经牺牲了。战斗刚开始的时候,就牺牲了。"

"啊……是谁杀了他?"

"你的问题太多了,小不点儿。快睡吧!"

帕西菲克向墙那面翻了个身,压得床面吱吱呀呀地响。每次午睡,我都睡不着,真不明白这项活动有什么意义。要想恢复精力,晚上的睡眠时间就足够了。我安安静静地等待午睡时间结束。大人们要求我必须在听到他们在走廊上的脚步声后,才能起床。于是,我侧耳倾听每个细小的声音,侦查每个能作为信号的动作,好让自己尽早脱离这张床垫。有的时候,我需要等上两个小时。半开的房门冲着客厅,门缝里透出一点儿光。我打量着贴在墙上的海报,那都是些杂志内页,用胶水简陋地粘在墙上。妈妈少女时代崇拜的明星和帕西菲克崇拜的并列在一起。迈克尔·杰克逊和让-皮埃尔·帕潘[1]中间是法兰西·高[2],教皇约翰·保罗二世访问布隆迪的照片叠着蒂娜·特纳[3]的一条大腿和吉米·亨德里克斯[4]的吉他,肯尼亚的牙医广告盖住了詹姆斯·迪恩[5]的海报。另一些时候,为了消磨时间,我捡起帕西菲克扔在床底的漫画书:《阿兰骑士》《斯皮鲁》《丁丁历险记》《拉昂》……

一等家里重新有了响动,我便迫不及待地跳下床,去找太外婆罗萨莉。每天下午,她都遵循同样的习惯。罗萨莉在后院的一张席子上坐下,打开雕刻有植物图案的象牙质鼻烟盒,取出几小撮烟草,塞入木头烟斗,点燃火柴,闭上眼睛,小口小

---

[1] 让-皮埃尔·帕潘(1963—),法国足球运动员。
[2] 法兰西·高(1947—),法国流行歌手。
[3] 蒂娜·特纳(1939—),瑞士籍美国歌手、演员,被称作"摇滚女王"。
[4] 吉米·亨德里克斯(1942—1970),美国吉他手、歌手、作曲人。
[5] 詹姆斯·迪恩(1931—1955),美国电影演员。

口地吸着新鲜烟草点燃后的香气。接着,她从塑料袋里取出剑麻纤维或是香蕉树叶,编织起杯垫和圆锥形的篮子来。她把这些手工制品在市中心卖出,用来补贴家用。毕竟,眼下一家人的生活费只能靠外婆做护士的微薄收入,还有妈妈那一星半点儿的私房钱。

罗萨莉灰白色的头发打着小卷,像一顶帽子似的立在脑袋上。这样一来,她的脑袋看起来像极了一个长方形,比例失调地支在纤细的脖子上,好像针尖上立着一个橄榄球。罗萨莉快有一百岁了。有时,她会给我们讲某位卢旺达国王的故事,说他因为反抗德国和比利时的殖民者,不肯改宗信仰天主教,被迫流亡国外。这些有关卢旺达国王还有白人统治者的傻话,我一点儿也不感兴趣。我张口打了个哈欠,帕西菲克生气了,怪我没有求知欲。妈妈对他说,她的孩子是法国人,没必要用他们的卢旺达故事来烦我。帕西菲克可以几小时几小时地听太外婆讲故事,听她讲古卢旺达的武功牧歌、颂歌舞蹈、宗族谱系、伦理价值……

外婆怪妈妈不肯教我们卢旺达语,她说远离故土的我们只有靠语言,才能牢记自己的身份,否则永远也做不成真正的卢旺达人。妈妈一点儿不信外婆的这一套说辞,在她眼里,我们都是白人小孩,只是肤色略深而已,但仍然是白人。偶尔,我们也会用卢旺达语说上几个词,但只要一开口,妈妈马上就会取笑我们有口音。生活在这样的环境里,可以说我的眼里根本没有卢旺达的位置。我压根儿不在乎它的国王、牛群、山脉、月亮、牛奶、蜂蜜还有腐败的蜜酒。

夜幕快要降临了，罗萨莉继续讲着她的史诗，讲着她对卢旺达理想国的模糊回忆。她反复说，自己绝不愿像穆辛加国王那样，在远离故土的地方死去。她得在自己的国土上咽气，在祖先生活过的国度死去，这一点很重要。罗萨莉说话的声音轻柔缓慢，仿佛温柔的簌簌低语，又好像乐手拨动齐特拉琴的调子。她的眼睛因为白内障而变成蓝色，看起来似乎随时会流下眼泪。

帕西菲克如饥似渴地听着太外婆讲故事。他的脑袋轻轻晃动，太外婆的乡愁打动了他。他靠近罗萨莉，用自己的手握住她那扁平消瘦的小手，轻声细语地对她说，现在的卢旺达不再有迫害，是时候回去了，布隆迪毕竟不是他们的祖国，没人想当一辈子的难民。老人紧紧地抓住过去，抓住她失去的故土，青年则向她贩卖未来，贩卖一个没有歧视、属于所有卢旺达人的全新的现代国家。然而，事实上，他们说的是同一回事。回到祖国去。老人从历史中找到归属感，而年轻人则打算创造历史。

一阵热风把我们包围，它在我们身边稍作停留，然后带着宝贵的承诺，向远方吹去。天空中，初现的星星羞涩地眨了眨眼。它们凝望着下面大地上外婆家的小院子，凝望着这小小的一方流亡之所，我的家人在此分享生活赋予他们的梦想和希望。

10

一开始,这是吉诺的主意。他觉得我们这伙人应该有个名号。大家绞尽脑汁地想了好久。我们想过要不要叫"三个火枪手",但问题是我们一共有五个人。双胞胎兄弟想的名字都太老土了,不是"五指帮"就是"铁哥们儿"。吉诺提议说,不如取个有美国味道的名字。那时,美国范儿在校内正风靡一时,所有人都喜欢整天把"酷"这个词挂在嘴上,喜欢走路的时候摇晃身体,把头发剃出图案,穿宽大的衣服打篮球。不过,吉诺会有这个主意,主要是因为每星期六出现在电视节目"天籁之上"的美国乐队Boyz II Men。大家都说吉诺的主意好,乐队里正好有个布隆迪歌手,我们可以借此向他致敬。不过说到头,这一点我们也不是很确定,按照布琼布拉街头巷尾的说法,Boyz II Men里那个瘦高个的歌手应该来自比维扎或尼亚卡比加街区。虽然这传言没有得到任何一位记者的证实,但吉诺还是有样学样,要我们叫"基纳尼拉男孩"。他想借此挑明我们才是新任的街头霸王,整个街区都已在我们的掌控之中,其他人别想染指。

我们五个人都住同一条死胡同,那儿是我们最熟悉的地方。双胞胎的家在我家对面,死胡同入口靠左手边的第一家就是。他们是混血儿,爸爸是法国人,妈妈是布隆迪人。双胞胎的父母在本地开了一家租录像带的铺子,主要都是些美国喜剧片和印度爱情片。每天下午,当天上下起瓢泼大雨,我们就躲在双胞胎的家里看电视,打发时间。偶尔,也会偷偷看点儿成人色情电影,不过除了阿尔芒,大家都没什么兴趣。只有他瞪大双眼,紧盯画面,抱着枕头使劲摩擦身体,那怪样活像一条狗抱住人腿猛蹭。

阿尔芒住在死胡同最靠里的一栋白色砖砌的大房子里。他的父母都是布隆迪人,阿尔芒因此成了我们这伙人里唯一的黑人小孩。他爸爸身强体壮,留着长长的鬓角。它连上嘴唇上的小胡子,围绕眼睛和鼻子成了一个圈。阿尔芒的爸爸是布隆迪驻阿拉伯国家的外交官,认识许多国家的大人物。阿尔芒在自己的床头钉着一张照片,那上面还是婴儿的他穿着兜兜裤,被卡扎菲抱在膝盖上。由于爸爸常年在外出差,阿尔芒大部分时间都和妈妈还有姐姐生活在一起。她们平时虔诚又刻薄,我就从未见她们笑过。虽然家人总是一副拘谨严肃的模样,阿尔芒却决定要唱唱跳跳、快快活活过一生。他很怕他爸爸,因为每次出差结束回到家,他爸爸只有一件事要做,那就是确保自己在孩子们心中的威信不倒。没有抚摸,没有温柔的一言半语。从来都没有!一个耳光,然后又登上飞往的黎波里或是迦太基的航班。这样的结果就是,阿尔芒有了双重人格。家里和街上。一正一反。

然后是吉诺。他在我们之中年龄最大,比我们要大一年零九个月。吉诺为了和我们同班,故意留了一级。反正他是这么解释他为什么要留级的。吉诺和他爸爸住在死胡同中段的一道红色大门后面,那是一栋殖民时代的老房子。吉诺的爸爸是比利时人,在布隆迪大学教政治学。他的妈妈和我妈妈一样,都是卢旺达人,但我们却从未见过她。吉诺有时告诉我们,他妈妈在基加利工作,另一些时候,却又说她去了欧洲。

我们这群小伙伴聚在一起,总是吵吵嚷嚷的,但不用说,我们之间感情很好,亲如兄弟。每天下午,吃过午饭,我们五个人就向着大家的基地悄悄进发。所谓基地,其实只是一辆废弃在荒地上的大众面包车。我们在车里海阔天空地聊天打趣,嬉戏玩闹,偷着抽烟,听吉诺讲各种不可思议的故事,还有双胞胎兄弟说的笑话。阿尔芒向我们表演他能做到的种种怪事,比如翻转眼皮露出内眼睑,用舌头去碰鼻子,把大拇指向后扭直到它碰到手臂,用门牙开瓶盖,咯吱咯吱地嚼着红辣椒,然后眼睛都不眨地把它们吞下肚。就在这辆大众面包车里,我们定下了种种历险的计划。我们做了许多白日梦,怀着一颗不安分的心,幻想生活为我们预留了怎样的快乐和惊险。一句话,有了胡同里的这一方秘密空地,我们心满意足。

那天下午,我们偷偷跑到街上去偷芒果。自打有一次阿尔芒把石头扔得太远,砸坏了他爸爸的奔驰车,我们就放弃了用石头砸芒果树的战术。阿尔芒的老爸事后狠狠地惩罚了他,从我们住的小巷深处一直到通往鲁蒙盖的大路上,他的叫声伴随着皮带的呼啸声,响彻天空。这次事件过后,我们发明出一种长杆,顶端装有铁丝钩,用橡皮筋固定住。长杆的长度可以达到六米多,这样一来,再难摘的芒果也能手到擒来。

我们沿着沥青路走,沿路遇到几个司机,他们瞧见我们的怪模样,骂起脏话来。我们赤着双脚,光着上半身,长杆拖在地上刺刺啦啦地响,脱下的T恤衫扎成小包装芒果,这可真是一副怪模样呢。

一位优雅的夫人从我们面前经过,她很可能是阿尔芒父母的一位朋友。她认出了阿尔芒,看到他没穿上衣,露着肚皮,脚上沾满尘土。那位夫人抬眼看天,画了个十字说道:"我的上帝!快把衣服穿上吧,我的孩子。你这模样就像街上的小混混。"有些时候,大人们真是太怪了。

回到死胡同里,冯·格茨先生花园里的大芒果一下子吸引了我们的视线。有了长杆在手,我们从路上就能摘到芒果,不过,最肥美的芒果长得有点儿远。必须得爬上矮墙才能摘到,可我们又很怕撞上冯·格茨先生,一个喜欢收集弓弩、整天疯疯癫癫的德国老头儿。冯·格茨先生曾多次入狱,头一次是因为向园丁的饭菜里撒尿——那园丁竟胆敢向他提出加薪的要求——第二次是因为他家的一个年轻男仆烤焦了火焰香蕉,冯·格茨先生一怒之下,把他关进了冰柜。冯·格茨先生的太太比他更深居简出,身上的种族主义倾向也更强。冯·格茨太太每天都去艾美酒店的高尔夫球场打球。她还是布琼布拉马术俱乐部的主席,大部分时间都在照看她的马,一匹毛发乌黑锃亮的帅气纯种马。他们家的房子是死胡同里最漂亮的,也是唯一一栋带游泳池的两层楼,不过平时我们宁可绕着它走。

冯·格茨先生家对面是双胞胎兄弟的家,他们家的后面住着伊科诺莫普洛斯夫人。伊科诺莫普洛斯夫人是希腊人,年纪已经很大了。她没有孩子,却养了十多条德国猎犬。伊科诺莫普洛斯夫人家的篱笆上有个窟窿,是街上的野狗趁她家的母猎犬发情,夜里来光顾时偷挖的。我们钻过窟窿,偷偷溜进伊科诺莫普洛斯夫人家。绿荫森森的花园里长着一棵硕大的芒果树,还有果实累累的葡萄和盛开的花朵,这些葡萄在布隆迪绝对是独一份的。

正当阿尔芒和我忙着偷葡萄,吉诺和双胞胎去摘肉质肥美的芒果时,伊科诺莫普洛斯夫人家的男仆挥舞着一把扫帚,怒气冲冲地冲过来。他打开关着德国猎犬的门,放狗来追我们。我们见状拔腿就跑,能跑多快就跑多快,从刚刚那个窟窿里重新钻了出去。慌乱之中,阿尔芒的短裤挂在带刺的铁丝网上,被撕出个大口子。看到他光屁股上的一道道伤痕,我们捧着肚子大笑了好久,笑完又去伊科诺莫普洛斯夫人家门口站成一排。我们知道她每天都在同一个时候从城里回来,她见到我们会很高兴的。

等伊科诺莫普洛斯夫人坐着她的红色拉达轿车出现,我们忙不迭地一窝蜂扑向车门,向她兜售我们的芒果。或者更准确地说,应该是她的芒果……伊科诺莫普洛斯夫人从我们手里买下十多个,趁男仆过来开门,我们捂好口袋里的千元大钞,赶快逃之夭夭。男仆看到这一幕,非常生气,他把扫帚抛到空中，还用基隆迪语骂我们，但是这时候我们早已跑得远远的了。

我们带着剩下的收获，回到秘密基地，分享芒果大餐。真是一场饕餮盛宴啊。果汁淌过我们的下巴、脸颊、手臂、衣服还有双脚。我们把滑溜溜的果核吮得干干净净，啃得平平整整，还用牙把它刨得光光的。然后翻过芒果皮，再把果皮的背面也用牙刮啃干净。这样一来，芒果多纤维的果肉就完完全全地被我们留在齿间了。

等我们气喘吁吁，肚子滚圆，心满意足地享用完这顿果汁加果肉的大餐，我们五个人就去大众面包车里那布满尘土的座位上躺下，摇晃着脑袋，身体向后倒。我们的双手黏糊糊，指甲黑漆漆，心里甜蜜蜜，随便一句话就能让我们哈哈大笑起来。这是属于采芒果人的休憩时光。

"你们想去穆哈河里玩吗？"阿尔芒忽然问道。

"不，我更愿意去水上俱乐部钓鱼！"吉诺回答说。

"为什么不去国际高中的运动场踢一场足球呢？"双胞胎兄弟反问道。

"我说，要不我们去小瑞士人那里玩雅达利街机吧？"我说。

"算了吧，这个主意傻透了！玩一局吃豆人，就要花五百法郎！"

最后，我们下了穆哈河，沿河蹚水，徒步走到水上俱乐部的所在地。这是一次真正的远途旅行。途中，我们还遭遇了一处激流,湍急的水流差点儿把双胞胎给卷走。雨季的穆哈河水势凶猛。我们站在水上俱乐部前面,用芦苇秆做钓竿,然后又买了一些虫子和面粉做鱼饵。卖鱼饵的小贩是个住在亚洲城的阿曼人,平日里总在河滩边游荡。人们管他叫忍者,因为他没事总爱对着空气练空手道,嘴里还发出吼吼哈哈的叫声,好像正在和无形的千军万马搏斗。大人们说,这人是个疯子。但孩子们却很喜欢他。在我们眼里,他做的事要比大人们正常多了,比方说,大人们爱组织阅兵,往腋下喷除臭剂,天热的时候要打领带,还喜欢整晚坐在黑地里喝啤酒,没完没了地听扎伊尔的伦巴舞曲。

我们在俱乐部餐厅前的湖滩上安营扎寨,不远处有一群正处于发情期的河马。大风吹过水面,湖泊翻起连绵的白浪,拍在岩石上的白沫像极了肥皂泡沫。吉诺冲着水面撒尿,他想让大家来一场比赛,比比谁的更远。然而没人响应他,双胞胎兄弟小鸡鸡上的伤口刚刚才好,阿尔芒在碰到身体这个部位时又异常害羞。我看其他人都无意加入,就也一下子觉得意兴阑珊了。

"真是一群落水鸡,胆小鬼,烂肉渣!"

"吉诺,你真让人讨厌,有本事你就去扎伊尔尿尿,让蒙博托的总统近卫军把你的蛋蛋割了。"

"是我割掉弗朗西斯的蛋蛋才对,要是再让我看到他进入我们的地盘,我绝饶不了他。"吉诺一边说,一边用力向着更远处嘘嘘。

"又开始啦！你好久都没提他了。我们差点儿以为你的劲头儿已经过去了。"

"基纳尼拉是我们的地盘！我要让他好好尝尝苦头！"吉诺迎着风展开双臂，大声喊道。

"别打肿脸充胖子啦，你打不过他的。除了一张鳄鱼样的大嘴，你什么都没有！"

弗朗西斯是个十三四岁左右的老家伙。他是吉诺和我们这伙人最大的敌人，我们五个人加起来都打不过他。不过，弗朗西斯也并不是很强壮，他长得好像一根铁丝。身材像枯树一样干瘦，但却没有他打不赢的架。他的手臂、双腿像树藤一样，满是疤痕和烫伤。据说，他身上有几处还装着铁板，因此小小的疼痛对他来说完全不是事儿。有一天，弗朗西斯抓住了我和阿尔芒，要我们交出刚刚从报亭里搞来的悠悠口香糖。我为了脱身，冲他的大腿骨狠狠踢了一脚，但他却纹丝不动。我看得目瞪口呆。

弗朗西斯和年迈的叔叔一起住在穆哈桥前一栋布满苔藓的阴森房子里，那地方离我们住的死胡同只隔了一条半街。穆哈河从他家花园的深处流淌而过，河水深黑、黏稠，好像一条巨蛇。每次从弗朗西斯家门前经过，我们都得蹑手蹑脚，弯下身子沿着排水沟走。弗朗西斯很讨厌我们，总说我们是富人家的小孩，爸爸妈妈的整天叫个不停，下午四点还要吃点心。这话把吉诺气得够呛，他做梦都想要别人承认自己是布琼布拉最坏的家伙。弗朗西斯说他才是老牌的街头少年[①]，街头的混混，还认识尼噶噶拉和比维扎街区的流氓，主要是"永胜帮"和"不败会"。最近他们搞了个绑架勒索正派公民的大新闻，常常能在报纸上露面。

我不敢对其他人说，自己很怕弗朗西斯。我也不喜欢吉诺提的那个靠打架保卫死胡同的主意，因为很显然，小伙伴们在他的煽动下变得越来越争强好斗。尽管自己也有点儿跃跃欲试，但说到底，我还是更喜欢用香蕉树树干造船，再沿着穆哈河顺流而下，或者用望远镜观察国际高中后面那块玉米田里的鸟儿，又或者是在街区的树丛里搭个简陋的棚屋，想象自己正在印第安部落和美国西部历险。我们熟悉死胡同的角角落落，我想要我们五个人一起，在这里过一辈子。

我回忆过很多次，但始终想不起大家的想法究竟是从什么时候开始改变的。我只记得打那以后，我们是一边的，而像弗朗西斯那样的敌人，是另一边的。我试着将自己的记忆翻来覆去地检视，但并没有什么收获。我记不清究竟是从什么时候开始，我们不再满足于分享自己所拥有的有限事物，不再信任他人，要把对方当成敌人，划出一道隔绝外部世界的隐形界限，让我们的街区自成小天地，把死胡同建成封闭

[①] 原文为斯瓦希里语。

的王国。

直到现在,我仍在问我自己,究竟是从什么时候开始,我和我的小伙伴们开始害怕的。

11

太阳隐没在群山的山脊背后,一天中最惬意的时刻到来了。夕阳送来晚间的凉爽,炎热的光照随着时间的推移逐渐消退。生活的节奏在此时发生改变。人们安静地结束工作,守夜人走上岗位,邻居们在大门前坐下。这是蛤蟆和蝗虫来临前最后的宁静。通常也是踢场足球赛、和朋友坐在排水沟旁的矮墙上、耳朵紧贴着收音机听广播或是拜访邻居的理想时刻。

无聊的下午终于结束了,时间迈着碎步转瞬而逝。就在这间歇,在这即将消逝的时刻,我在车库门口找到吉诺,头顶上一片芬芳的鸡蛋花正在盛开。我们两人在守夜人的席子上躺下,从沙沙作响的小收音机里收听前线传来的消息。吉诺调了调天线,杂音变小了。他开始聚精会神地为我翻译每个听到的句子。

几天前,卢旺达再次爆发战争。帕西菲克收拾好行李,把吉他扔在了一边。卢旺达爱国阵线已经出兵,解放我们的时刻近在眼前,吉诺大声宣布道。他咒骂干坐着不行动的行为,在他看来我们都是懦夫,必须得参加战斗。有传言说,一些像我们一样的混血儿已经动身。吉诺甚至肯定地说,还有人参加了童子军,他们都是些十二三岁的娃娃兵。

吉诺,我的这位小伙伴,他害怕从自己家花园里捡到的狼蛛,平时远远听见打雷声,就趴到地上躲起来。可同样是这个吉诺,他却愿意背起比他还高的苏式卡拉什尼科夫冲锋枪,带领一支游击队,冲进维龙加群山的浓雾里。他用一根树枝把皮肤刮得鲜血淋漓,在小臂上刺下FPR[①]的字样。伤口结成难看的疤痕,露出三个肿胀的字母。吉诺和我一样,只有一半的卢旺达血统,但我却暗地里嫉妒他能说一口流利的卢旺达语,嫉妒他明明白白地知道自己是谁。爸爸不喜欢十二岁的孩子参与大人们的谈话。但对吉诺来说,政治没什么神秘的。他爸爸是大学教授,总是询问他对当前局势的看法,还建议他读读《青年非洲》上的这篇文章或者是《晚报》上的那篇文章。总而言之,吉诺总是能听懂大人们在说什么。这对他来说,可不是什么好事。

在我认识的小伙伴里,只有吉诺每天早餐时边喝无糖黑咖啡,边收听法国国际广播电台的新闻,换作是我,只有看维达罗俱乐部的比赛时才这么有兴趣。我们两人待在一起的时候,吉诺非得向我解释他说的"身份"究竟是什么。在他看来,我必须拥有一种生存方式、一种感知方式、一种思考方式。这些话妈妈和帕西菲克也说过。吉诺还不断对我说,待在布隆迪,我们只能做难民,必须得回家去,回到卢旺达去。

回家去?可我的家就在这里呀。说我是卢旺达的孩子,

[①] 卢旺达爱国阵线的首字母缩写。

这话是没错,但现在构成我现实生活的是布隆迪,是法国学校,是基纳尼拉街区,是死胡同。其他的一切并不存在。随着阿尔封斯的死还有帕西菲克的离开,我有时觉得这些事件和我也是有关联的。但我很害怕。我害怕爸爸看到我说这些话时的反应,害怕生活秩序被打乱,害怕战争,在我的头脑里,战争只会带来不幸和悲伤。

那天晚上,我们听着收音机里的广播,夜幕降临的时候,聊天的话题出人意料地转到这上面。我们窝在吉诺家里。客厅的四壁组成了一个真正的动物肖像画廊。吉诺的爸爸是个摄影迷,每逢周末,就全副武装,帽子—短袖衬衣—头巾—凉鞋—短袜,一件不落,跟着摄影旅行队,一同前往鲁武武自然公园。回来后,他堵住浴室门窗的缝隙,在里面冲印照片。整栋房子因此散发出一股和牙医诊所一样的臭味,冲印照片的化学试剂气味和吉诺爸爸大喷大洒的香水味混杂在一起。吉诺的爸爸简直是个幽灵般的存在,从没有人见过他,但我们很容易知道他是否在家,就凭这股浸入肌肤的厕所消毒水味还有他整天敲打的打字机声,他在这部机器上敲出了这辈子的课程讲义还有政治学著作。吉诺的爸爸喜欢把一切弄得井井有条、整整齐齐。每当他做完一件事,比如拉开窗帘或是给植物浇水,就会说:"好了,干完啦!"一天结束的时候,他一边在脑袋里给做完的事情——打上钩,一边嘟嘟囔囔地说:"一件事又做完啦!"他按固定的方向梳理小臂上的汗毛。头顶的头发秃了,就从脑袋的两侧梳过头发,遮住秃顶。打领带的日子从右梳到左,戴领结的日子从左梳到右。吉诺的爸爸小心翼翼地修剪这顶头发罩子,还在边缘处留出一条修剪干净的小缝儿,就像一道没有伪装的战壕。街上的人都管他叫"柯达",倒不是因为他喜欢拍照,而是他油腻腻的头发里总是藏着几吨头皮屑。①

一回到家,吉诺就收起作怪的模样,不敢再想着开玩笑、吐痰、打嗝,或是用屁股压着我的脑袋放屁。他跟屁虫似的一路跟着我,检查我有没有好好给厕所冲水,有没有弄湿马桶圈,有没有把客厅里的小摆件放回原位。吉诺爸爸的怪癖转移到吉诺身上,让他家显得冷冷清清,一副不欢迎人上门的样子。

那天夜里,天气炎热,但仿佛能感到一阵凉风吹进了房间,吉诺也注意到了。几分钟后,我们你看看我,我看看你,发现不论是谁,在这破房子里都待得不舒服。我们二话不说,关掉暗淡的日光灯,把夜蛾留给大壁虎享用,然后抛下吉诺爸爸的奥利维蒂打字机烦人的嗒嗒声,重回夜晚宁静的怀抱。

死胡同是一段两百米长的小巷,路面用泥土和碎石铺成,中间长着鳄梨树和银桦树,天然地把路分成两边。从九重葛结成的篱笆的缺口处,能看见遍植果树和棕榈树的花园中心矗立着一栋栋漂亮的房子。排水沟两侧挤满了散发出柠檬香味的植物,一种温和的香气把蚊子赶得远远的。

---

① 头皮屑和胶片在法语中是同一个词。

当我们俩在死胡同里闲逛时,总喜欢像朋友一样手挽着手,彼此倾吐自己的故事。在那么多小伙伴里,我只有偶尔在吉诺面前,才敢抛开羞涩的包袱,向他吐露心事。一想到爸爸妈妈分开了,我的脑海里冒出好多新问题。

"你不想你妈妈吗?"

"我很快就能见到她了。她现在在基加利。"

"上次,你不是和我说她在欧洲吗?"

"没错,但她已经回来了。"

"你爸爸妈妈是分开了吗?"

"不能这么说,他们算不上真的分开。他们只是没住在一起而已。"

"他们不爱对方了吗?"

"怎么可能,你为什么要这么问?"

"因为他们不在一起住了呀。不再相爱的父母不都是这样的吗?"

"对你来说是这样的,加比,但对我来说不是……"

售货亭的栏杆上挂着一盏风灯,我们慢慢走到苍白的光晕下。我站在集装箱改装成的杂货店门前,从兜里掏出一张剩下的千元大钞,那是伊科诺莫普洛斯夫人塞给我们的。我们买了一包顶峰饼干还有悠悠口香糖。身上还剩不少钱,吉诺提议请我去小酒馆喝一杯。小酒馆窝在死胡同的一个角落里,门外有棵长势欠佳的金凤花。

小酒馆是布隆迪最大的组织。它是属于人民的集会广场,是抽屉里的收音机,是民族的脉搏。每个街区、每条街道都有一个这样的小馆子,人们在黑暗中要上一杯热啤酒,挤挤挨挨,伸不开手脚,局促地坐在只有几厘米高的矮箱或凳子上。小酒馆给予了饮酒者一种奢侈的权力,在那里你不用担心会被人认出,不论参不参加讨论,都没人会注意你。在这个小小的国度里,人人都彼此熟识,只有小酒馆才能让人畅所欲言。在这里,我们拥有和在投票室里一样的自由。对于从未有过投票权的人民来说,发出自己的声音非常重要。不论是高贵的先生,还是一无所有的仆人,在小酒馆,所有的心灵、所有的头脑、所有的身体都能平等地表达自我的意见。

吉诺要了两杯普里默斯啤酒。他很喜欢来这里听人谈论政治。有多少人像我们一样坐在这个简陋的破房子里,头上顶着波浪形的铁皮挡雨板?没人知道答案,这也并不重要。昏暗的光线将我们包围,混沌中,只有说话的声音从这里或那里随意地冒出来,接着又像流星一样飞快地消逝了。每个声音之间仿佛有个永恒的停顿。然后,一个新的声音从虚空中浮现出来,它紧贴着沉默的空气显露头角,随后再一次隐没在一片沉寂中。

"我跟你说,民主是个好东西。人民终于能决定自己的命运了。必须好好利用总统选举的机会,它能为我们带来和平与进步。"

"亲爱的同胞,请允许我反驳你。民主是白人的发明,它的目的只有一个,就是分裂我们。我们放弃一党制,已是犯了大错。白人花费好几个世纪,经历那么多冲突,才达到今天所处的阶段。现在,他们却要我们在短短几个月内,完成同样的事情。我担心,我们的领导人只是对着一个概念照猫画虎,他们既不了解它的支持者,也无法控制它的后果。"

"不会爬树的人永远只能留在地上。"

"我还有点儿渴……"

"从文化的角度说,我们有国王崇拜的传统。一位领袖、一个政党、一个民族!这就是我们口号里说的统一。"

"狗永远变不成牛。"

"我忍不了了,这该死的口渴……"

"这只是统一的一个方面。我们应该发展一种对人民的崇拜,这才是可持续性和平的真正保证。"

"我担心,没有法制的先行保证,作为民主的必要框架的和平完全无法实现!一九七二年我们有成千上万的兄弟被屠杀,但却没有任何人被起诉。要是再不改变,下一代迟早会为他们的父辈复仇。"

"空话!过去的就让它过去吧,未来是光明的,是进步的。让种族主义、部落主义、地方主义、冲突主义,通通都见鬼去吧!"

"还有酗酒!"

"我渴,我渴,我渴,我渴,我渴,我渴……"

"我的兄弟们,上帝将一路伴我们同在,正如他一路伴他的儿子同在那样,直到各各他①……"

"得了,我明白了。都是这玩意儿让我口渴的。还得再来一杯啤酒。"

"白人的马基雅维利计划已经成功。他们把他们的上帝、语言和民主塞给了我们。今天,我们去白人开的医院看病,送孩子去他们的学校接受教育。所有的黑人倒都成了疯子和失败者……"

"这个坏东西要夺走我的一切,可它却解不了我的口渴。"

"我们生活在一片悲剧的土地上。非洲大陆的形状像把手枪。对此,我们无能为力。就让我们开枪吧。不管是冲这儿,还是冲那儿,让我们开枪吧!"

"未来孕育在过去之中,就像母鸡生蛋一样。"

"啤酒!啤酒!啤酒!啤酒!啤酒!啤酒!啤酒!啤酒!啤酒!啤酒!啤酒!啤酒!"

我们在那里又待了一会儿,静静地喝完普里默斯热啤酒,然后我贴着吉诺的耳朵,对他小声说了再见。酒精在我的血液里奔腾,我不再确定身边的这个影子是否就是吉诺。我得回家了。爸爸会担心的。我摸黑走进死胡同,向着家走去。我脚步踉跄。枝头传来猫头鹰的叫声。头顶上的天空,空无一物,黑暗里属于夜晚的声潮仍不断向我袭来。小酒馆里的人们喝得醉醺醺的,他们交谈、倾听,开启啤酒瓶盖的同时,也

---

① 各各他是耶稣被钉十字架的地方。

开启了思想。这是彼此交换的灵魂,是没有嘴的声音,是混乱无序的心跳。在夜晚苍白的时刻里,人消失了,余下的只有国家,它正对着自己说话。

12

布隆迪民主阵线。民族进步联盟。这是一九九三年六月一日争夺总统大选选票的两大政党,在此前的三十年里,一直是民族进步联盟垄断了政局。我们耳边整天回响着这两个名字。广播里,电视里,还有大人们的嘴里。爸爸不让我们参与政治讨论,所以我是在别处听到的。

竞选运动让整个国家洋溢着一种节庆的气氛。民族进步联盟的成员穿上红白相间的T恤,戴上红白相间的鸭舌帽。当他们在街上遇见时,就竖起中间的三个手指,和对方打招呼。布隆迪民主阵线的支持者选择绿色和白色作为代表色,他们把挥舞拳头当作集合的手势。公共广场、公园还有体育场上,处处都有人唱歌、跳舞、欢笑,组织起声势浩大的庆祝活动。厨子普罗多满嘴都是民主这个词。过去,他连笑都不笑,整天一副灰溜溜的表情,好像一条挨了打的狗,可现在连他这样的人都变了。有几次,我在厨房撞见他,看到他正扭着得了疟疾的屁股,用破锣嗓子唱道:"布隆迪民主阵线科美拉!布隆迪民主阵线科美拉!"("布隆迪民主阵线太好啦!")看到政治能为人们带来快乐,这是件多么开心的事啊!就好像星期天早晨能看一场足球赛一样快乐。我越来越不理解爸爸为什么不许孩子们谈论这种幸福,谈论这阵新风,它吹起人们的头发,给心灵装满希望。

总统大选的前一晚,我坐在后院的厨房台阶上,忙着给狗捉虱子。普罗多蹲下身,在斑驳破旧的水槽前洗衣服,嘴里还哼着一首宗教歌曲。他往大盆里灌满水,倒入奥妙洗衣粉盒子里的粉末,又让衣服在蓝色的液体里浸泡了一会儿。多纳蒂安坐在我们对面的一张椅子上,给皮鞋上蜡。他穿着一件深灰色的背心,头发里插着一把塑料梳子。

更远处,伊诺桑在花园深处洗澡。一块生了锈的铁皮被当作淋浴间的门,他的脑袋和双脚正好一上一下地露了出来。为了刺激普罗多,伊诺桑发明出一首嘲笑布隆迪民主阵线的歌,这时正扯着嗓子大声唱:"布隆迪民主阵线是烂泥,民族进步联盟才会赢。"普罗多小心翼翼地瞅了伊诺桑一眼,在确保对方听不到自己说话后,压低声音抱怨道:

"他可以继续玩这种孩子气的把戏,想玩多久都行,但这次他们不会赢的。我甚至可以告诉你,多纳蒂安,三十年来,权力蒙蔽了他们的双眼,他们注定要一败涂地。"

"别太自以为是了,我的朋友,自大是一种罪过。伊诺桑是个傲慢的年轻人,但你呢,你应该比他更有智慧。别让孩子气的挑衅分了你的心。"

"你说得没错,多纳蒂安。可我还是迫不及待地想瞧瞧我们胜利后那家伙的表情。"

伊诺桑洗完澡,赤裸着上身,迈着猫一样的步子走到我们跟前。阳光下,水珠在他卷曲的头发上闪闪发亮,让头皮显得发白。他在普罗多面前停下脚步。普罗多低下头,比平时更卖力地搓起衣服来。伊诺桑把手伸进口袋,掏出一根讨厌的牙签,扔进大张的嘴巴里。他想要吓吓我们,故意绷紧肌肉,摆了个姿势,用轻蔑的眼神紧盯着普罗多的脖子。

"嘿,叫你呢,男仆!"

普罗多突然停下手中的活儿。他直起身体,毫不回避地用冰冷的目光,对上伊诺桑的眼睛。多纳蒂安放下手中擦的皮鞋。我松开了狗爪子。伊诺桑从未见过瘦弱的普罗多胆敢反抗自己,一时间愣住了。他满脸尴尬,露出一个略带嘲讽意味的微笑,然后把牙签吐到地上,竖起中间的三个手指,这是民族进步联盟的手势。伊诺桑把手高举过头顶,走开了。普罗多看着他慢慢走远。等后者的身影彻底消失在大门口,普罗多回到水池前,重新哼起"布隆迪民主阵线科美拉……"来。

13

这是一个和平常没什么不同的早晨。公鸡打鸣。小狗用爪子挠挠耳朵后面。咖啡的香气飘散在整个家中。鹦鹉模仿爸爸的声音叫着。扫帚扫过院子的地面时发出沙沙的声音。广播在邻里之间声嘶力竭地吼着。色彩缤纷的蜥蜴沐浴太阳浴。一队蚂蚁搬运阿娜落在桌上的糖粒。这是一个和平常没什么不同的早晨。

然而,这也是具有历史意义的一天。全国各地的人们正准备进行人生中第一次投票。当第一缕晨曦初现,人们便向着离家最近的投票点走去。女人们穿着五颜六色的长裙,男人们身着节日服装。大路上,赶去投票的队伍络绎不绝,小巴士川流不息,兴高采烈的选民把它们挤得满满当当。人们从各处涌向我家附近的足球场。草坪上早已提前搭好投票桌和写票室。我透过篱笆,去瞧太阳底下耐心等待的选民长队。他们安静又守序。人群中,一些人抑制不住自己的喜悦。一个老太太穿着红色长裙和写有约翰·保罗二世字样的T恤,她一走出写票室就跳起舞来,嘴里还唱着:"民主!民主!"一群年轻人围拢到老太太身边,把她抬起来,在一片欢呼声中把她抛向天空。穿着多口袋背心的白人和亚洲人聚集在足球场的四个角落,背上写着"国际观察员"的字样。布隆迪人都很清楚,这是一个重要的时刻,新的纪元就此开启。这次选举过后,一党制和政变选出的旧时代就会结束。每个人终于拥有了自由选举的权力。傍晚来临,等最后一批选民离开后,足球场看起来好像一片空荡荡的战场。草坪被踏平了。地上满是白纸。阿娜和我偷偷钻过篱笆,溜到原来是写票室的地方。我们拾起落下的选票,上面写着布隆迪民主阵线、民族进步联盟,还有人民和解党。我想为这值得纪念的一天留下一点儿纪念物。

第二天可真奇怪。什么变化都没发生。等待选举结果出来的时候,整个城市都弥漫着一股焦虑的气氛。家里的电话响个不停。爸爸不准我去外面找小伙伴玩。我家的花园里空旷无人,园丁不知道去哪里了。街上只有零零落落的汽车开过。这一切和前一天欢快的氛围,形成强烈的对比。

我趁爸爸睡午觉,偷偷从后门溜了出去。我想和阿尔芒说说话。他肯定从他爸爸那里听到了一些消息。我敲开他家的大门,让仆人找他来。一会儿阿尔芒来了,他告诉我说,他爸爸正抽着雪茄烟,在屋里团团转,连茶里放的糖都比平时多得多。他家的电话铃声从没停过。他建议我快回家去,不要在街上瞎逛,我们不知道会有什么事情发生。一些令人担忧的传言已经传开来了。

天快黑的时候,我们三人在客厅里坐下。爸爸、阿娜还有我。有人打电话给爸爸,要他打开收音机。昏暗的天色下,阿娜在咬指甲,爸爸调着收音机的频道。等他终于调准频道,我们正好听到国家广播电台的女播音员宣布,接下来即将播报选举结果。收音机里传来旧磁带的沙沙噪音,紧接着是一阵军乐声,伴随着声嘶力竭唱着"亲爱的布隆迪"的合唱声。国歌放完后,是内政部长的发言。他宣布,布隆迪民主阵线赢得了选举。听完这个消息,爸爸一动不动,只是点燃了一支烟。

整个街区没有一点儿喊声,没有喇叭声,也没有喧闹声。我觉得自己听到远处的山里传来一阵叫嚷的声音。是我的幻觉吗?爸爸坚持要我们离政治远远的,于是他起身躲进自己的房间打电话。隔着门,我隐约听到一些听不懂的句子。"这不是民主的一次胜利,这只是种族效应的作用……你比我更清楚在非洲,这是怎么一回事,宪法无足轻重……军方支持民族进步联盟……在这些国家里,候选人得不到军方支持,就不可能真正赢得选举……我不像你这么乐观……他们迟早要为自己的胜利付出代价的……"

这天我们早早地吃了晚饭。我准备好洋葱煎蛋,阿娜端上菠萝片和克拉里斯修女牌草莓酸乳酪。上床睡觉前,我们在爸爸的房间里看电视新闻。电视机里的画面晃动得厉害,屏幕上都是雪花点。我晃了晃电视机的天线。画面上这才出现了前总统皮埃尔·布约亚少校的身影,他坐在一面布隆迪国旗前,用平静的声音说:"我郑重地接受人民的决定,请大家和我一样做。"我一下子想到了伊诺桑。接着,新总统梅尔希奥·恩达达耶出现在屏幕上。他的样子看起来很冷静。"这是所有布隆迪人的胜利。"听到这句话,我又想到了普罗多。在电视新闻的最后,是军方领导人的发言:"军队尊重建立在多党制基础上的民主。"这时候我想到了爸爸的话。

当我刷牙时,阿娜忽然大叫起来。我急忙冲进我们的房间。她站在我的床上,紧紧抓住窗帘。只见房间正中的地砖上爬着一只蜈蚣。爸爸一脚把它踩扁,大喊了一声:"这坏东西!"等上床睡觉的时候,我问爸爸新总统的出现是不是个好消息。他回答说:"再看看吧。"

亲爱的萝拉:

人民进行了选举。广播里说这次的参选率达到了97.3%。也就是说所有人都投了票,除了孩子、医院的病人、监狱的囚犯、精神病院的疯子、警方通缉的罪犯、赖床的懒人、失去双手没法投出选票的人,以及像我爸爸、妈妈或是多纳蒂安那样的外国人。他们有权在这里生活,在这里工作,但是他们没权说出自己的看法,除非回到他们原来待的地方去。新总统名叫梅尔希奥,名字和东方三博士①中的一位相同。有些人特别喜欢他,比如说普罗多,他是我们家的厨子。他说这是人民的胜利。还有一些人很讨厌他,比如说我们家的司机伊诺桑,但我可以向你保证,这完全是因为他脾气暴躁,过得很失败。

---

① 东方三博士是《圣经》中的人物。据《马太福音》记载,在耶稣基督出生时,来自东方的三位"博士"带着礼物,朝拜耶稣。

我觉得新总统看上去总是一副很严肃的模样，一举一动也总是规规矩矩的，他从不把手肘撑在桌子上，也不会打断别人说话。他穿着一件熨得平平整整的衬衣，戴着一条单色领带，言谈举止很有礼貌。他的模样既整洁又拿得出手。这一点非常重要！因为接下来，为了不忘记他的存在，整个国家都要挂上他的照片。部委、机场、大使馆、保险公司、警察局、饭店、医院、小酒馆、幼儿园、兵营、餐馆、理发屋还有孤儿院那么多地方，没一个例外的。要是他表现得不太得体，比如拍照的时候斜着眼睛，那就太糟了！

另外，我一直在想，上一位总统的照片应该挂在哪里呢？我们会把它扔掉吗？也许，我们会把它先存放在某个地方，直到有一天他决定回来再做总统？

新总统是我们国家第一位不是军人出身的总统。我猜，他会比之前的总统少头痛一点儿。军人出身的总统一般都有偏头疼的毛病，他们好像有两个大脑似的，总是不知道该选打仗还是和平。

  加比

14

　　花园深处，有一头蜥蜴模样的动物躺在草丛里。十多个男人刚刚用绳子和竹竿把它从卡车上搬下来。消息很快在死胡同里传开，好奇的人群把这头已死的动物团团围住。鳄鱼的黄眼睛仍然大睁着，漆黑的瞳孔竖立成狭长的一道，好像正不怀好意地打量着围观的人们。它的头顶上，一个玫瑰花苞大小的伤口显示出致命伤的威力。一枪毙命，全拜从扎伊尔特意赶来的雅克所赐。一个星期前，一名加拿大女游客在度假俱乐部的湖边沙滩上散步时，被鳄鱼拖下了水。按照惯例，当地政府立即派出一支远征小分队，追捕罪魁祸首，为死者报仇雪恨。爸爸和我也加入了探险的队伍，不过我们只是在一旁看着而已。雅克从几年前开始，就带领一支由热衷于捕猎大型猎物的白人组成的队伍，从事这项工作。我们带上弹药和配有瞄准镜的步枪，从水上俱乐部的位置登上船。摩托艇沿着湖岸行驶，一直开到鲁济济河口的地方，在那里浑浊的河水和坦噶尼喀湖绿松石般的湖水交汇在一起。我们轻手轻脚地登上河口的三角洲，猎人们的手指搁在扳机上，警惕地注视着一群群规模庞大的河马，生怕有一只落单的公河马突然发起袭击。织布鸟叽叽喳喳的叫声盖住了发动机的轰鸣声，它们的巢穴懒懒地悬挂在金合欢树的树枝上。男人们握住温切斯特连发步枪不离手,在阳光下眯起眼睛,用双筒望远镜观察着四周的风吹草动。雅克从步枪的瞄准镜里,一眼瞥见鳄鱼趴在沙滩上的身影。它大张着嘴,正在享受晌午过后的太阳浴。牙签鸟细致地为它清洁牙齿。雅克开了一枪,惊起一群树鸭,它们扑棱着翅膀,擦着河岸边的芦苇丛飞过。那枪声好像一块木头断裂的闷响。鳄鱼在睡梦中被一枪击中,甚至来不及动弹一下。它的大嘴慢慢地闭上了。牙签鸟在这位朋友身边又蹦跳了一会儿,好像是在向它致以最后的悼念,然后飞向远处,它要去清洁另一头鳄鱼的大嘴了。

看热闹的人群散去以后,我们翻过鳄鱼的身体,雅克手法利落地把它切成块。他把鳄鱼肉装进塑料袋,普罗多接过来后,放进车库的大冰箱里。就在这个时候,夜幕很快地降临了,但一切还没有结束。园丁帮多纳蒂安搬出桌子和椅子。伊诺桑取来烧烤用的木炭。吉诺点燃挂在榕树上的小灯笼,爸爸拉出电线,在花园里接上高保真音响。阿娜负责在桌子底下安放螺旋形的蚊香。这是一个特殊的晚上,大家要为我庆祝十一岁的生日!

音乐声响起,周围的邻居再次聚过来。一群酒鬼打着免费吃喝的主意,破天荒地抛下胡同里的小酒馆,也凑了过来。伴随着低音音响嗡嗡的震动声,花园里人们说话的嘈杂声一阵阵袭来。我挤在川流不息的人群中,满心喜悦地看着月亮底下临时汇成的这片人海。处处都是节庆的气氛,人人都喜笑颜开。

长假才刚刚开始,这个开头还真不错,而且我还收到了萝拉的回信,她在信里说:"亲爱的加比!我和弟弟还有表兄弟们,在海边度过了一段棒极了的时光。谢谢你的来信,你写的东西真有趣。放假的时候,别忘了我。再见。吻你。萝拉。"

明信片的背面是一组旺代的微缩风景照:努瓦尔慕捷城堡、圣让德山建筑群、蒙特圣母院海滩、圣伊莱尔德莱兹的海中岩石。这张明信片我读了又读,前后有十几遍。想到自己对萝拉来说是独一无二的,一种特殊的感觉油然而生。她请我不要忘记她,可我从没有一天不曾想到她。我想在回信里告诉她,她在我心里占有多么重要的分量,有生以来我第一次想向一个人倾诉自己的情感,我希望能和她做一辈子的笔友,有机会的话,还想去法国看她。

假期里的另一个好消息是,爸爸妈妈在几个月的冷战后,终于又肯说话了。他们一起祝贺我顺利升入六年级。他们说:"我们为你感到骄傲。"他们说了"我们",意思就是他们是一对,他们已经和好了。希望就在眼前!

帕西菲克从卢旺达打电话给我,祝我生日快乐。他告诉我停战协定已经签署,自己过得还不错,就是很挂念我们,他很想和大家一起为我庆祝生日。他一到卢旺达,就疯狂地爱上了一个姑娘,两人不久前已经订婚。他迫不及待地想把她介绍给我们全家人认识。那姑娘的名字叫让娜,听帕西菲克说,她是整个大湖区最美丽的女人。帕西菲克还在电话里告诉我一个秘密：等战争结束，他打算去做歌手，写写自己的爱情之歌，歌唱未来妻子的美丽容貌。

身边的烦恼都解决了，生活一点点回到原来的轨道上，那个晚上，我体验到被我爱着并且也爱着我的人们所包围的满满幸福。

雅克坐在我家的大露台上，向一个被吓坏了的客人讲述自己捕猎鳄鱼的故事。他故意挺起胸膛，向人们炫耀肌肉，说话时用瓦隆口音把小舌音发得特别重。他模仿电影演员从枪套里掏枪的模样，从口袋里掏出他的之宝牌纯银打火机，然后点燃一支烟，漫不经心地用嘴角叼着。这一招对伊科诺莫普洛斯夫人奏效了，雅克的魅力还有风趣似乎把她给征服了。她对雅克说了好多恭维的话，雅克快活地照单全收。伊科诺莫普洛斯夫人被雅克的俏皮话逗得哈哈大笑，看起来好像一个刚刚陷入热恋的少女。两人一边对他们居然没能早一点儿认识表示惊讶，一边又聊起布琼布拉还被称为乌松布拉时的美好旧时光，他们聊起大酒店、帕吉达斯的舞会和爵士乐队，聊起奇巧电影院、漂亮的美国女人以及城市街道上跑的凯迪拉克和雪佛兰，聊起他们喜爱的兰花、遥远欧洲的美酒和法国电视主持人菲利普·德·迪奥勒弗勒的神秘失踪，聊起雅克在印加大坝的团队、尼拉贡戈火山的喷发和流淌下来的炫目的火山岩浆，聊起本地怡人的气候、秀美的河流湖泊……他们一聊就是好几个小时。

普罗多托着啤酒和烤鳄鱼肉在宾客间穿梭。伊诺桑故意做出一个恶心的表情,他推开普罗多递给他的盘子说:"呸!只有白人和扎伊尔人才吃鳄鱼肉和青蛙肉。任何真正的布隆迪人,对沼泽地里的动物肉,连碰都不会碰!因为我们是文明人,我们和你们不一样!"快活的多纳蒂安嘴里塞满鳄鱼的脂肪,回答伊诺桑说:"布隆迪人只是品位还不够,而白人们呢,又不太懂得吃。比如说,法国人就不懂怎么吃青蛙,除了四条腿,他们把剩下的全扔了!"

阿尔芒站在音响前,教阿娜跳苏库舞。小丫头学得很好,她穿了一条长裙,已经学会如何在保持身体其他部分不动的情况下摇晃屁股。酒鬼们见状在一旁鼓掌叫起好来。舞池中央,双胞胎的父母在被小虫围攻的聚光灯下,无精打采地跳着舞,他们脸贴着脸,就像当初第一次见面时一样,那还是传奇乐队格朗·加雷的时代。双胞胎的妈妈比他们爸爸长得更高也更壮。当她带着他们爸爸跳时,后者闭上双眼,嗫嚅着嘴唇,就像一条小狗做梦时的模样。汗水让他们的衬衣紧紧贴在背上,在腋下晕出圆形的水迹。

爸爸看起来心情很好。他一反常态,打上领带,喷点儿香水,头发全部向后梳起,正好露出他那双颇具吸引力的绿眼睛。而妈妈呢,她身穿花卉图案的平纹细布连衣裙,一副容光焕发的模样。当她从男人们身边经过时,能看到欲望在他们的眼中燃烧。有几次,我甚至发现爸爸也在偷偷看着妈妈。他坐在舞池边,和阿尔芒的爸爸聊生意谈政治。阿尔芒的爸爸刚从沙特阿拉伯回来,那里平时禁止喝酒,所以他似乎想一口气把一个月没喝的酒都补上。他们身边坐着阿尔芒的妈妈,她穿得像个过分虔诚的教徒,轻轻摇动着脑袋,时不时地挑挑眉。从她的表情一点儿也看不出她是不是同意她丈夫对稳定布隆迪咖啡在伦敦交易所价格的看法,也看不清她是不是又一次拿起念珠开始念经。

我和吉诺还有双胞胎兄弟,在小卡车的引擎盖上躺下,就在这个时候,我们看到弗朗西斯来了。我们简直不敢相信自己的眼睛!他一走进院子,妈妈就递给他一瓶芬达,邀请他坐在大榕树下的塑料椅子上。看到这一幕,吉诺咆哮起来:

"加比,你瞧见了吗!你必须马上赶这个蠢货走!他和你的生日一点儿关系都没有。"

"好哥们儿,我不能这么做。我爸爸说了,今天晚上的生日活动整个街区的人都能来参加。"

"可弗朗西斯不行,真该死!他是我们的头号敌人!"

"也许我们可以趁机和他讲和。"双胞胎说。

"一群蠢货,"吉诺回答道,"我们永远不会和这个土鳖妥协!我们要揍烂他的脸,这是他应得的!"

"从目前来看,他没有伤害任何人。"我说,"就让他喝点儿芬达吧,我们顺便留意一下他的行为就行。"

我们的视线一刻都没有离开弗朗西斯。他假装没有看见我们。但他的眼睛正扫描分析着所有来参加活动的人。他一边恶狠狠地斜着眼睛打量,一边神经质地抖动左腿。然后他站起身又拿了一杯饮料,和妈妈简短地聊了几句,忽然妈妈转过身,用手指了指我,好像是要告诉他她是我的妈妈。弗朗西斯像蝴蝶一样在人群中穿梭,寻找加入谈话的恰当时机,他一会儿和这些人聊,一会儿又和那些人聊,甚至还找机会和吉诺的爸爸说上了几句话。

"我不信,他竟敢和我老爸说话!他们能说些什么?我敢打赌,他肯定是在打听我们的消息,加比。他假装和我们是朋友呢。"

我们远远地看着弗朗西斯玩他的小把戏。伊诺桑邀请他一起喝杯啤酒。几分钟后,这两人像老朋友似的勾肩搭背起来。

午夜已过。酒精和夜晚一同开始起作用了。一群年轻的法国志愿兵光着上身玩跳山羊游戏,围观的酒馆醉汉们看得哈哈大笑。一个小伙子摩挲着女友的文胸,而她正在和女性朋友讨论晨星学校里的伦理课。胡子花白的布隆迪老人,额头上有个胎记,因此得了个"戈尔巴乔夫"的外号,[①]他单腿站立在鹦鹉笼子前,背诵龙沙[②]的诗篇。孩子们和一只已被养熟了的长尾猴玩耍,它的主人是个娘娘腔的弗拉芒[③]男人,他也住在死胡同里,人们管他叫菲菲,这人一年到头只穿衬衫长裙还有非洲长袍。成摞的空箱子在厨房门前的台阶上堆成山,普罗多和多纳蒂安来来回回地忙碌着,从售货亭里搬回寄存在那里的酒瓶。

[①] 前苏联总统戈尔巴乔夫的前额上有一块暗红色的胎记。
[②] 龙沙(1524—1585),法国抒情诗人。
[③] 比利时北部地区。

是时候找机会躲开父母的注意,和朋友们在花园暗处找个安静的地方了。我们在草地上坐下,轮流抽着几支香烟,暗中注视榕树彩灯下的舞池。阿尔芒拿来两瓶普里默斯啤酒,刚刚他把它们偷偷藏在蕨类植物的花盆后面。

"该死!我踩到什么东西了。"阿尔芒说。

"是啊,小心点儿,是那头死鳄鱼。"我回答说。

音乐在两首歌的间歇停了下来,我们听到一阵狼吞虎咽的声音。是伊科诺莫普洛斯夫人的猎犬正在享用剩余的鳄鱼大餐。它们在黑暗中大嚼特嚼,小伙伴们举杯为我庆祝十一岁的生日。

"现在它们可以和别的狗说自己可是吃过一头鳄鱼呢,光是这一点,就足够它们在死胡同里耀武扬威一阵子了!"吉诺说。

大家都放声大笑起来,只有阿尔芒例外,他注意到有人正向我们走来。我掐灭香烟,用手赶了赶烟雾。

"是谁在那儿?"我问道。

"是我,弗朗西斯。"

"你来这里干什么?"吉诺下意识地跳起来说,"快滚!"

"今天的聚会整个街区的人都能来,既然我也住在这里,为什么我不能来!"弗朗西斯说。

"不,今天是我好朋友的生日,我们没有邀请你。快滚吧,我跟你说!"

"是谁在说话?我看不到你。是柯达的儿子吗?那烂头皮的比利时人。你叫什么来着?"

"吉诺!你提到我父母的名字时,最好小心你的舌头。"

"你父母?我只提到过你的父亲。说起来,你妈妈她在哪儿?我看到了所有人的父母,除了你妈妈……"

"你是这样监视我们的吗?"阿尔芒说,"你在调查我们吗,哥伦布探长?"

"这里不欢迎你,"吉诺接着说,"快滚蛋吧!"

"不!我不会走的!"

吉诺低下头,一头向弗朗西斯的肚子撞去。黑暗里,两人绊倒在被开膛破肚的鳄鱼尸体上。狗群开始狂吠。我急忙跑去通知大人们,阿尔芒趁机把香烟和啤酒藏起来。雅克和爸爸拿着手电筒赶来了。等大人们把弗朗西斯和吉诺分开,两人身上沾满了鳄鱼的内脏,我们异口同声地说是弗朗西斯先挑起了争斗。爸爸一把抓住他的领子,把他赶出门去。弗朗西斯觉得自己受了很大的侮辱,他冲大门扔石块,大喊着这笔账迟早要和我们算。小伙伴们一起对他做了个轻蔑的手势,在一群法国志愿兵的喝彩声中,我们脱下裤子冲他露出屁股。所有人都放声笑起来,直到我们听到雅克的叫声:

"该死,我的之宝打火机去哪儿了?谁看到我的之宝打火机了?"

所有人都想到了弗朗西斯。

"抓住这个小偷!"吉诺喊道。

爸爸派伊诺桑去找弗朗西斯,但伊诺桑回来的时候,说找不到人。

等这段小插曲一过去,生日聚会的气氛更加热烈。就在当晚的气氛快要到达顶点时,突然间停电了。上百名宾客一下子停下舞步,发出"哦"的不满声音。他们浑身是汗,拍手跺脚,口中喊着我的名字:"加比!加比!"要求继续放音乐。人人兴致正浓,突如其来的断电并没有扑灭大家渴望继续玩乐的热情。有人提议不如用真的乐器来伴奏,好让聚会继续。说干就干,多纳蒂安和伊诺桑飞快地去街上找大鼓,双胞胎拿来他们爸爸的吉他,一个法国人从雷诺4L轿车的后备箱里取出一把小号。正在这时,空中刮起一阵怡人的微风,要下雨了。远处,从湖岸边传来一阵闷响,雷声渐近。于是一些人担心起来,尤其是老人们,他们预感大雨将至,提议把桌子椅子搬回室内。多纳蒂安用吉他即兴弹奏了一曲布拉卡,正在争论的人们顿时停了下来。闪电时不时地划破夜空,人们腼腆地再次迈开舞步。醉汉们用叉子和小勺把啤酒瓶敲得叮当作响,替多纳蒂安的吉他伴奏,蟋蟀们听闻停下了自己的吟唱。接着小号也加入了合奏,口哨声和欢乐的喊声随即响起。客人们重新用舒缓的舞步跳起舞。吓坏的小狗夹着尾巴躲进桌子底下,几秒钟后空中传来一声巨响——声音、光亮、狂风、爆裂的声音混成一团。鼓声咚咚响起,音乐的节奏加快了。没有人能抗拒这不断加速的音乐的召唤,我们的身体好像被并无恶意的精灵给控制了。气喘吁吁的小号乐声试图追上打击乐器的节奏。普罗多和伊诺桑一同把绷紧的鼓皮敲得咚咚作响,两人用尽全身力气,脸上的肌肉绷得紧紧的,大滴的汗水从亮晶晶的额头上流淌下来。客人们用双手打着节拍,双脚踏地当休止符,脚下扬起一片尘土。音乐的节奏和人们的太阳穴跳得一样快。击打声和脉搏彼此相应。起风了,风吹动花园里的树冠,我们看到树叶轻颤,枝丫簌簌作响。天空不时划过一两道电光。空气里满是泥土的湿气。一场热雨马上就要到来,看样子来势汹汹,说下就下,人们急忙跑去收拾杯盘桌椅,然后躲进屋檐底下,眼看着呼啸的风声把热闹的生日聚会给冲散了。生日会即将结束,我抓住机会享受大雨来前的最后时刻,品味这被大雨打断了的幸福。此刻,音乐让我们的心灵相连,把我们之间的空洞填满。音乐为我庆祝了十一岁的生日,就在这里,在这棵童年时代大教堂般高大的榕树下,庆祝它的存在,庆祝它的当下,庆祝它的永恒。而我也从心底最深处相信一切都会好的。

15

漫长的假期比丢了工作更难熬。两个月来,我们每天在自己的街区无所事事地闲逛,到处找事干,打发沉闷的白日时光。虽然偶尔也能找点儿乐子,但必须承认我们无聊得活像死掉的蜥蜴。旱季的河水只剩下一道窄窄的细流,没法让我们下河纳凉。热浪晒得芒果发蔫,又瘦又小,卖不出去。水上俱乐部的位置又太远,我们没法每天下午都去。

所以,等学校开学,我觉得特别高兴。现在爸爸送我去上学,把我放在大孩子进出的那个校门口了。我上了初中,和小伙伴仍然在同一个班,新的生活开始了。每个星期,有几天有下午的课,我开始学习新的课程,比如自然、英语、化学、美术。去欧洲或美洲过暑假的同学们,回来时都穿上了时髦的衣服和鞋子。一开始,我并没有在意。但吉诺和阿尔芒却看得两眼放光,整天把这件事说个不停。他们的羡慕很快变成一种执念,最后连我也被传染了。打那以后,再没玻璃弹子什么事了,我们眼里只剩下衣服和名牌。只是要想拥有名牌衣服,必须有钱。很多很多的钱。可就算是卖光整个街区的芒果,我们也买不起上面带小逗号的鞋。

从欧洲还有美洲回来的同学告诉我们,那里的大商店能有几公里长,里面卖的东西琳琅满目,篮球鞋、T恤衫、运动服还有牛仔裤,什么都有。在布加,商店里什么都没有,除了市中心拔佳鞋店光秃秃的橱窗,就是摆在嘉贝市场货架上,孤零零的那几双满是破洞的锐步充气球鞋,还有连品牌名都拼错的假名牌鞋。然而,我们就连这样的鞋都买不起,这让我们非常伤心。这种感觉从内到外地改变了我们。我们默默地厌恶起那些拥有真的名牌鞋的同学来。

多纳蒂安注意到最近我开始痴迷名牌,还总喜欢说某些有钱同学的坏话,他对我说妒忌可是一种重罪。多纳蒂安的大道理对我而言只是耳旁风,现在我更愿意和伊诺桑聊聊,他总有办法用最少的钱,弄来我梦寐以求的鞋子。学校里,同学们开始按新的标准拉帮结派:有名牌鞋的同学不和没有名牌鞋的一起玩。

不过,阿尔芒是个例外。他既没有时髦衣服,也没有名牌香水,但他懂得逗人开心。这让他能跨越那道将大家彼此分开的无形界限,成为时髦孩子帮中的一员。当吉诺看到阿尔芒站在院子里的饮水处旁,和他的新朋友说话时,心里充满了苦涩的味道。

一天晚上,吉诺和我躺在鸡蛋花树下的席子上,一边把青芒果片浸到粗盐里,一边聊着天,他对我说:

"阿尔芒这叛徒,他在学校不和我们说话,但一回到死胡同,马上就和我们成了好朋友。"

"他在见风使舵呢,这也不能怪他。从今年开始,哪个聚会都少不了请他去。双胞胎兄弟还告诉我,阿尔芒已经和一个姑娘亲过嘴了！"

"该死！是舌吻吗？"

"我不知道，但从目前来看，他和我们在死胡同里，还是挺开心的。换成是我，我也会这么干的。"

"你也觉得和我们一伙儿，让你丢脸吗？"

"我不是这个意思，吉诺。你们是我这辈子最好的朋友！但在学校里，没人在乎这些，姑娘们眼里根本瞧不见我们，所以你懂的……"

"总有一天，我要他们都好好看看我，加比，我要所有人都害怕我们。"

"为什么要大家都害怕我们？"

"为了获得尊重。你明白吗？这是我妈妈常说的话。必须得让人尊重你才行。"

听到吉诺提到他妈妈，我有点儿惊讶。之前他从来没有提过她。吉诺的床头柜上时常摆着一些红白蓝三色边的航空信封，这样的信每周他都能收到一封。可是，他从来没有去过卢旺达，尽管开车去那里只要几个小时，而他妈妈也从没有来过布琼布拉。听吉诺说，是因为眼下的政治局势他们才没法见面的，只要等到和平到来，他就能和爸爸妈妈一起在基加利的一栋大房子里生活。听到吉诺说他已经准备好要离开我们，离开小伙伴们，离开死胡同，我心里不免有些难过。吉诺和妈妈、外婆、帕西菲克还有罗萨莉一样，都梦想着有朝一日能回卢旺达去，为了不让他们失望，我就假装这也是我自己的梦想。不过,暗地里,我还是期望最好一切都不要改变,期望妈妈能回家来,期望生活回到原来的轨道上,期望它永远保持现在的样子。

我正这样想着,忽然传来一阵轰隆隆的声音。吉诺的爸爸像只受惊的羔羊一样跑出屋子,他冲我们大喊,让我们离墙远远的,和他一起待在花园里。我们嘻嘻哈哈地站起来,吉诺的爸爸大概是撞鬼了。我们跟着他,并不明白到底发生了什么。几分钟后,我们看到一道很宽的裂缝贯穿了车库的整面墙,这才明白是怎么回事。大地以难以察觉的方式在我们脚下震动。在这个国家,在世界的这个角落,这样的事情每天都在发生。我们生活在东非大裂谷的轴线上,非洲大陆就在这里断裂。

生活在这片土地上的人们和脚下的这片土地一样。在平静的表象下,在微笑和乐观主义的高谈阔论背后,晦暗且隐秘的力量正不断地发酵,策动暴力活动和毁灭计划。它们一如恶劣的狂风,每隔一段时间便会按期降临:一九六五年、一九七二年、一九八八年。一个阴森的幽灵按照固定的间歇,不请自来,好让人们记起和平不过是两次战争间短暂的中场休息。这股有毒的岩浆、这片黏稠的血海已经做好准备,再次光临。现在,我们还毫无知觉,但是烈火的警钟已经敲响,黑夜将伸出它最贪婪最残酷的爪牙。

16

我睡得很浅,梦里感觉到有人碰了碰我的脑袋。起初我以为是耗子在啃我的卷发,这样的事之前也发生过,爸爸忘了在家里安上捕鼠夹。接着我听到有人在耳边轻轻地问:"加比,你睡了吗?"是阿娜的声音。我睁开双眼。只见房间里一片昏暗。我抬起左手,拉开窗帘,一道月光穿过纱窗,照亮了小妹妹害怕的脸庞。"这是什么声音,加比?"我一时没反应过来。这是一个宁静的夜晚。我只听到在房间吊顶上筑巢的猫头鹰的叫声。我从床上坐起,等了一会儿,这时候传来一波又一波干涩的噪音。"好像是枪声……"阿娜爬上我的床,紧紧贴着我,身体蜷缩成一团。爆破声和冲锋枪扫射的声音过后,是一片令人焦虑的沉寂。家里只有阿娜和我。这阵子爸爸常在外面过夜,伊诺桑说他常去看住在比维扎贫民窟的一个姑娘,她家就在伊诺桑家后面的一条街。听到这些话,我感到很难过,因为自打爸爸妈妈恢复联系以来,我一直希望他们可以和好如初。

我按了按手表上的光源,刻度盘显示现在是凌晨两点。每次爆炸声传来,阿娜的身体就更贴紧我一点儿。

"发生什么事了,加比?"

"我不知道……"

快早晨六点的时候,枪声终于停了下来。爸爸还是没有回来。我们起床穿好衣服,然后整理好书包。普罗多不在家。我们在露台上摆起早餐桌。我泡好茶。鹦鹉在笼子里翻着跟头。我想去院子里找人,但那里一个活的人都没有。连哨兵[①]都不见了。吃完早饭,我们收拾好桌子。我帮阿娜梳了辫子。家里还是一个人都没有。我站在大门旁等了一会儿,这个时候正是平时工人们固定上工的时间。但外面还是一点儿动静都没有。我们坐在大门口的台阶上,等待爸爸或是伊诺桑来。阿娜从书包里取出数学作业本,开始背诵乘法口诀表。我家门前的路上没有一个行人经过,没有一辆车开过。到底发生了什么事?大家都去哪里了?我们听到邻居家传来一阵古典乐声。今天是星期四,但整个街区看起来却比星期天的早晨更安静。

最后,终于有一辆汽车开来了。我听出那是爸爸的帕杰罗的喇叭声,就赶快跑过去打开大门。爸爸面色凝重,眼睛底下挂着深深的黑眼圈。他下了车,问我们好不好。我点了点头,但阿娜噘起了嘴,她在怪爸爸整夜把我们扔在家里不管。爸爸快步走进客厅,打开收音机。这时,我们听到和刚刚从门外传来的古典乐曲一模一样的曲子。爸爸用手摸摸额头,说道:"该死!该死!该死!"

后来,我才明白每次闹政变,广播电台就会播放古典音

---

① 原文为斯瓦希里语。

乐。一九六六年十一月二十八日,米歇尔·米孔贝罗政变,舒伯特《第二十一号钢琴奏鸣曲》;一九七六年十一月九日,让-巴蒂斯特·巴加扎政变,贝多芬《第七交响曲》;一九八七年九月三日,皮埃尔·布约亚政变,肖邦《C大调波莱罗舞曲》。

这一天是一九九三年十月二十一日,我们有幸听到的是瓦格纳的《诸神的黄昏》。爸爸用一条大粗铁链把大门锁上,还在门上挂了好几把锁。他命令我们必须待在家里,还要离窗户远远的。然后他把我们的床垫搬到走廊上,用来挡流弹。整个白天,我们都躺在地上。这种感觉真奇怪,好像是在自己家里露营一样。

爸爸和平时一样,关上房门去打电话。快到下午三点的时候,我和阿娜正玩着纸牌,爸爸在房里打电话,突然间我听到有人轻轻敲着厨房的门。我蹑手蹑脚地走去瞧瞧。只见气喘吁吁的吉诺站在门外,我压低声音对他说:

"我没法给你开门,爸爸把整个家都锁了两道。你是怎么进到院子里的?"

"从围墙上翻过来的。我不会在这里待太久。你听到消息了吗?"

"我听说了,据说是闹政变了,我们听到了古典乐声。"

"新总统被军方的人暗杀了。"

"什么?我不信……你胡说。"

"我向你发誓!这消息是一个加拿大记者打电话告诉我爸爸的。军队发动了政变。被杀的还有国会议长和其他重要的政府官员……据说布隆迪各地都开始了大屠杀。对了,你知道最带劲的事是什么吗?"

"不知道,是什么事?"

"阿提拉逃跑啦!"

"阿提拉?范·格茨①先生家的那匹马?"

"没错!真是太疯狂了,不是吗?夜里一颗炸弹落在总统官邸后面的赛马俱乐部附近。一栋房子起了火。马匹都被吓坏了,阿提拉一副歇斯底里的模样,它直起身体,疯了似的嘶叫。然后撅起马蹄,猛踢马厩的门,等踢开门栓,它直接跳过围栏,消失在城里的街道上……你真该看看今早冯·格茨夫人的那张脸……她穿着睡袍闯进我家,头上还戴着一头卷发夹子,眼睛都哭肿了。真是太搞笑了!她想让我爸爸托熟人把马找回来。我爸爸只能反复和她说:'冯·格茨夫人,刚刚发生了政变,我没法帮您的忙,现在就算是总统来,他也帮不上忙。'可冯·格茨夫人还是一再坚持:'必须把阿提拉找回来!请您去找联合国!找白宫!找克里姆林宫!'她根本不在乎总统刚刚被暗杀了,这个爱搞种族主义的老太婆,满嘴只有她的马。这些蠢货快把我烦死了!在他们看来,畜生的性命要比人命更重要!好了,我不打扰你了,加比。我得走了。欲知后事如何,请听下回分解。"

吉诺跑开了。看来眼下的局面让他非常兴奋,已经产生

---

① 加比误把"冯·格茨"念作"范·格茨"。

的严重后果甚至让他觉得满意。我感到晕乎乎的,直到此时还是不敢相信。暗杀总统……我又一次想到爸爸在恩达达耶当选时说过的话:"他们迟早要为自己的胜利付出代价的。"

当天晚上,我们早早地就睡下了。爸爸抽烟抽得比平时更凶。他把他自己的床垫也搬到走廊上,一边听着小收音机,一边抚摸着已经熟睡的阿娜的头发。一支蜡烛照着我们,房间里的其他角落都被黑暗所笼罩。

快到晚上九点的时候,古典乐声忽然停了。一个播音员用法语开始广播。他每说一句话都要清清嗓子,单调的嗓音和眼下严峻的局势形成了鲜明的对比。他的声音听上去和播报一场本地排球比赛的结果没有两样。他说:"国民公共安全委员会通过以下决议:全国范围内晚六点至早六点间实行宵禁,关闭边境,禁止跨市活动,禁止三人以上聚会,委员会要求民众保持冷静……"这一长串的要求还没说完,我就已沉沉睡去。在梦里,我睡得很香甜,梦到自己睡在一朵软绵绵的云朵上,一朵由火山喷发出的含硫水汽组成的云朵。

17

接下去的好几天,我们都睡在走廊上,白天也不能离开家半步。法国大使馆的宪兵打电话给爸爸,建议他避免一切外出活动。妈妈住在城里的朋友家,那里地势较高,她每天打电话给我们打听消息。广播里说在布隆迪的市中心,每天都有可怕的大屠杀发生。

一周以后,学校重新开始上课。城市里弥漫着一种古怪的平静气氛。有几家商店重新开张了,但公务员们并没有去上班,部长们也仍旧躲在外国使馆或是邻国避难。有一天路过总统官邸,我看到一堵围墙已经被炸坏了。这是在城里我们唯一能看到的战争痕迹。课间休息的时候,同学们各自讲起了闹政变当晚的故事,大家说起枪声、爆炸声、总统的死还有放在走廊里的床垫。然而,没人感到害怕。对我们这些有幸住在市中心的孩子来说,战争还仅仅只是一个词。我们听说了一些事情,但并没有亲眼看见什么。生活像往常一样继续,舞会、恋爱、名牌、时髦,一样不落。至于我们家的仆人,爸爸手下的工人,住贫民窟、布琼布拉郊区和内地的人,没有收到大使馆安全指令、没有卫兵保护他们家、没有司机送他们的孩子上学的人,还有那些走路、骑自行车、乘公共汽车的人,他们就只能听天由命了。

有一天我从学校回来时,普罗多正坐在厨房的桌子旁剥小豌豆。我知道他把票投给了恩达达耶,也知道恩达达耶当选时他是多么地幸福。我连看都不太敢看他了。

"你好,普罗多。最近怎么样?"

"加布里耶先生,请原谅,我连说话的力气都没有了。他们把希望扼杀了。他们把希望扼杀了,我只有这一句话可说。真的,他们把希望扼杀了……"

我离开厨房时,他还不断地重复着这句话。

午饭后,多纳蒂安和伊诺桑送我去学校。半路上,就在快到穆哈河桥时,我们遇到了一队装甲车。

"看看这些士兵,他们没救了。"多纳蒂安疲倦地说,"他们先是发动政变,杀死总统,现在民怨沸腾,国家内部一片血与火,他们却又退到幕后,要求政府重新出面,替他们灭火,但这火恰恰就是他们自己点燃的。可怜的非洲……愿上帝能帮助我们。"

伊诺桑什么话都没说,他开着车,看着路,正襟危坐。

从那以后,日子过得更快了,宵禁令要求大家都得在晚上六点天黑以前回家。每天晚上,我们一边喝汤,一边收听广播里各种令人不安的消息。我开始猜测为什么有些人保持沉默,不再说话,而另一些人话里有话,究竟是什么意思。现在,这个国家到处都有人窃窃私语。到处是看不见的裂隙,到处是叹息声,还有我不懂的眼神。

日子一天天过去,战争在乡村继续肆虐。一些村庄被洗劫一空,在大火中化为焦土,有人向学校投掷手榴弹,学生们被活活烧死在校内。成千上万的人逃到了卢旺达、扎伊尔或坦桑尼亚。在布琼布拉,人们谈论郊区发生的交火。夜晚,我们听到远处传来的枪声。普罗多和多纳蒂安常常旷工,因为军队在他们居住的地方进行了大规模的地毯式搜查。

我们家还很安全,如果以它为中心向外看,世界显得很不真实。死胡同像往常一样,沉浸在半睡半醒的氛围里。午休的时候,我们听到树枝间小鸟啾啾地鸣叫,一阵微风吹动茂密的枝叶,树叶像海浪一样起伏,古老而巨大的榕树为我们投下一片宜人的树荫。一切都没有变。我们继续嬉戏,继续探险。雨季又来了。植被重新披上鲜亮的外衣。成熟的果实将大树的枝丫压得低低的,河流的水量再次变得充沛。

一天下午,我们五个人赤着脚,拿着长杆,一边闲逛一边寻找芒果,吉诺忽然提议说这次不妨走得远些,因为这个街区的芒果已经被我们扫荡一空了。正说着,我们正好走到弗朗西斯家的围墙前。我忽然有一种很不好的预感。

"我们别待在这里,会惹麻烦的。"

"得了,别做个胆小鬼,加比!"吉诺回应道,"这棵芒果树,我要定了。"

阿尔芒和双胞胎兄弟彼此对视了一眼,看得出他们有些犹豫,但吉诺坚持要这么做。于是,我们沿着路慢慢前进,踩在石子路上的每一步都小心翼翼。弗朗西斯家没有大门,要进院子很容易。他家的房子矗立在小山包上,那是一栋阴森可怖的房子,斑驳的墙皮早已部分脱落,圆形的水渍让走廊吊顶上的石膏板一块一块地鼓了出来。芒果树舒展的枝丫覆盖了整个院子。我们一步步地靠近。窗户栏杆后面的纱窗脏兮兮的,这让我们看不清屋里的动静。房子的大门紧闭着,这个地方有些安静过了头。我们在芒果树下停下脚步,吉诺开始摘芒果,一个,两个,三个。长杆晃动着芒果树的枝叶,枝丫茂盛得像一群挤得紧紧的犀鸟。小伙伴们把放哨的任务交给了我。

突然,我觉得自己好像看到布满尘土的纱窗后面,有个人影一闪而过。"小心!"所有人闻声都停住不动,仔细窥探房子里的动静。一片寂静。我们只听到花园深处传来穆哈河潺潺的水流声。吉诺重操摘芒果的大业。阿尔芒为他加油鼓劲,一有芒果掉落在草地上,他就手舞足蹈地跳起索卡斯舞来。双胞胎兄弟和我负责放哨。一只小鸟从我们身后扑棱着翅膀飞过。我们一齐转过头。阿尔芒和双胞胎首先反应过来,他们拔腿就跑,用光一样的速度,向大路的方向飞奔而去。接着,吉诺也冲了出去,我来不及细想,紧随其后。我们绕过房子,一路狂奔,冲下通往穆哈河畔的斜坡。这下可把我吓坏了。我不确定弗朗西斯有没有追来,于是就想回头瞧一瞧。说时迟那时快,弗朗西斯一拳打在我脸上,我的身体一下子重重地倒在石子堆上。接着,雨点似的乱拳一窝蜂地砸在我身上。吉诺大叫着,想要保护我。结果下一个倒在地上的就是他,倒地的位置离我只有几厘米远。我们被一只大手拖到河边,然后弗朗西斯一把把我们的脑袋按进穆哈河浑浊的褐色河水里。我不能呼吸。河底的石头摩擦着我的脸。我奋力挣扎,想要挣脱弗朗西斯,但他的大手却像一把老虎钳似的紧紧钳住我的脖子。过了一会儿,弗朗西斯把我提出水面,我断断续续地听到他说:"去别人家的花园里偷东西可不好。你们的父母没教过你们这一点吗,嗯?"说完他又一次把我的脑袋猛地按进河水里。弗朗西斯的暴怒吓得我手脚瘫软,一动都动不了。眼前的世界一片模糊。我的双手绝望地挣扎着,很想抓住什么,树枝、烂泥、希望,只要能抓住,什么都好……我的指甲在河底的淤泥里抓刨,仿佛是想在河底寻觅另一条出路,寻觅一条隐蔽的密道。河水灌进我的耳朵、鼻孔。弗朗西斯的声音变小了,和那股把我狠狠按进水里的力量相比,它显得太温柔了。"被宠坏的熊孩子,我来好好教教你们怎么做人。"弗朗西斯一边按住我的脑袋不放,一边又腾出手来狠狠地打我。我的额头撞在河底的淤泥上。现在,我只剩下一种本能,想要尽快呼吸到新鲜空气。可哪儿有呢?我感到呼吸困难,胸闷气短。我的心脏因为恐惧而狂跳着,好像随时要从嘴里蹦出来。我听到自己的闷声叫喊好像从很远的地方传来。我大声叫喊着爸爸妈妈。他们在哪里啊?弗朗西斯的模样不像开玩笑。他是打定主意要淹死我。这就是人们所说的暴力吗?一瞬间,恐惧和惊讶彻底把我给攫住了。弗朗西斯猛地把我的脑袋提出水面,我听到他说:"你妈是供白人们玩弄的婊子!"紧接着,就又被灌了一大口水。我认输了。慢慢地,我的肌肉耗尽力气，松弛下来，弗朗西斯说话的嗡嗡声让我听得昏昏欲睡，在十厘米深的水下，我认命了，任由身体以难以察觉的方式慢慢滑下去。现在，暴力和支配权是他的了，留给我的只剩下恐惧和臣服。

但吉诺却不肯轻易认输。他用尽全力反抗。既不肯被灌上一肚子水，也不肯忍受辱骂。他有更长远的打算。吉诺想在十一月时仍旧能来摘芒果，还想用香蕉树修长的叶子作渡河的战舰。这种新型的暴力既没有让他四肢发麻，也没有震慑住他。他根本没把它放在眼里。虽然弗朗西斯现在牢牢地掌握着支配吉诺的权力，但后者却始终表现出一副不服输的模样。回答、反驳、回击，吉诺步步为营。我在一旁瞧见他脖子上的血管像车胎一样鼓起来。"不许你侮辱我妈妈！不许你侮辱我妈妈！"我感到压住自己脖子的手慢慢松开了。弗朗西斯竭尽全力，去压制吉诺不断加强的反抗力量。现在，他必须用上自己的双手、双臂还有膝盖，才能按住吉诺的背。我终于透了口气。趁还没倒在地上，我赶快用四肢撑地，然后费力地咳嗽起来。蓝色的天空投射下强烈的光线，把我晃得头晕眼花。我闭上双眼，挣扎着爬了几步，把脑袋搁在一截香蕉树的树干上。我的一只耳朵被什么东西给堵住了。

"谁也不可以侮辱我妈妈！"吉诺不断重复着这句话。

"谁说的，我就可以，我要骂就骂。我说，你妈就是个婊子。"

弗朗西斯又一次把吉诺的脑袋按进褐色的河水里，刚刚他就是这样让我认怂的。现在正是午睡时间。这是一天中最热的时候。整个街道上空无一人。远处的桥上没有一辆车经过。香蕉树的树干像海绵一样,软趴趴地撑着我那昏昏沉沉的脑袋。我吐出肚子里的河水,一边咳嗽一边惊慌失措地叫起来。弗朗西斯没有松手,他好像聊着天气的洗衣妇,一下下地把衣物浸到水中。他每说完一句话,吉诺的脑袋就消失在河水泛起的泡沫里。"所以说,你那个做婊子的妈到底在哪里?我们从来都没见过她……"吉诺抓紧时间,吸了几大口空气,然后像鱼咬钩后的浮标一样又沉了下去。他在水底大喊大叫,脑袋四周卷起一个个漩涡。"你那个做婊子的妈在哪里?"说完,弗朗西斯又重复了一遍。吉诺越来越喘不过气来,我大叫着要弗朗西斯放手,可弗朗西斯却更来劲了。他一遍遍地问着相同的问题,一遍遍地把吉诺的脑袋按进水里。吉诺终于没力气了。他放弃了。

等我从河里站起身,回过神来,想要阻止弗朗西斯,就在这时,吉诺从嘴里含糊不清地吐出"死了"这个词。我听得清清楚楚。他轻轻呜咽着又重复了一遍:"我妈妈已经死了。"

远处的桥上,一个老人靠着桥栏站立,他头戴一顶黑色的帽子,打着一柄彩虹色的雨伞,金属伞尖像圣诞树上的星星一样闪着光。老人们喜欢看孩子在河里戏水,因为他们知道自己再也无法像这样嬉戏。弗朗西斯冲那老人打了个手势。老人没有回应。他又看了我们一会儿,才迈着碎步慢慢走开,走的时候仍旧头戴黑帽,打着色彩鲜艳的雨伞。弗朗西斯从我面前走过去，把我吓得赶快退后了一步。但是他连看都没有看我，就走开了。我赶快跑过去看吉诺。他正在河边哭泣。他把脑袋埋在大腿间，浑身湿淋淋地抽泣着。四周仿佛更安静了。河水从我们面前流过，冷漠得近乎残酷。我想要安慰吉诺，于是把手搁在他的肩膀上。但吉诺一把推开我，猛地站起身，向着大路的方向跑走了。

现在，河边只剩下我一个人。我恢复了听觉。渐渐地，路上又响起了车来人往的喧闹声。中国造的自行车打着铃，凉鞋底擦过人行道的硬地，小巴士的车胎压过热浪滚滚的柏油路嘎吱响。一切又恢复了活力。桥上也有了行人。一股冷峻的怒火从我心底升起。我嘴里流着血，双手和膝盖上满是擦伤，在穆哈河里清洗伤口。

愤怒对我说，要想控制恐惧，就得先无视自身的恐惧。就是因为恐惧，我才在太多事面前退却。我下定决心要和弗朗西斯来一次硬碰硬。我又一次走向他家的花园，想要取回我们的长杆。等我走近时，弗朗西斯站在大门口威胁我。我没有停。我感到自己的舌头被咬出了血，口腔里弥漫着咸咸的味道。我不避不闪，双眼直盯着弗朗西斯。我们就这样僵持了好久。弗朗西斯的嘴角挂着傲慢的微笑，一动也不动。他仍旧站在房子前的台阶上。当我被他按进水里时，曾经怕过他。可现在，我不再怕他了。我的嘴里弥漫着血的味道，这算不得什么，和吉诺的泪水相比，这什么都算不上。只需咽下鲜血，然后我们自然会忘记它的滋味。可是吉诺的泪水呢？愤怒取代了恐惧。我不再害怕有坏事会落在自己身上。我取回长杆，对地上的芒果连看都没看一眼。以后也没人会把它们捡起。这一点我很清楚。但对我来说，已经不重要了。我心怀熊熊燃烧的满腔怒火，完全不在乎芒果烂在了新长出的草丛里。

18

打那以后,吉诺一直躲着我。阿尔芒和双胞胎并不知道在河边发生了什么。我让他们以为我们像他们一样逃走了。吉诺的泪水始终困扰着我。他妈妈真的已经死了吗?我不敢向他提出这个问题。我还没有足够的勇气。我们又过了一段动荡不安的日子。每个星期都好像雨季的天空,每天给我们带来定量的流言、暴力还有安全指令。总统的位子还是空着,一部分政府部门在地下活动。但是小酒馆里的人们照样喝啤酒,吃烤羊肉串,好像这样就能抵挡对明天的焦虑。

布琼布拉出现了一种新的现象,人们管它叫"死城"日。城内开始流传一些小册子,上面建议大家在某个或某几个特定的日子不要出门。这样的运动一开始,年轻人就成群结队地走上街。他们在警察的默许下,在不同街区的主干道上筑起路障,并向胆敢离开家的行人或车辆投掷石块。于是,恐惧的情绪在全城蔓延开来。商店的大门紧闭,学校关门停课,流动的小贩通通不见了,每个人都在自己家门口筑起路障。全城瘫痪过后的第二天,人们清点排水沟里的尸体,从路上捡起石块,生活又踏上了往日的节拍。

爸爸彻底慌了神。他一直努力让我们远离政治,可现在却根本无法对我们隐瞒国家的现状。他面色凝重,为他的孩子和生意感到忧心忡忡。由于布隆迪内地一直有大规模的屠杀持续发生，爸爸暂停了所有工地上的工程。据说，已经有五万人死于非命，他不得不解雇了很多工人。

一天早上，我还在学校上课，院子里就发生了一场冲突，还是当着爸爸的面。普罗多和伊诺桑打了起来。我不知道他们是为了什么，但是伊诺桑先对普罗多动的手。爸爸当场解雇了伊诺桑，因为他不肯道歉，还扬言要所有人好看。

持续的紧张局势让人们绷紧了神经。一有风吹草动，大家便紧张起来，人们在街上时刻提防着，从后视镜里偷看，确保自己没被人跟踪。每个人都随时戒备着。一天，当我们上地理课时，独立大道围墙后面有个车胎爆了，结果所有人，包括老师在内，马上躲进了桌子底下。

学校里，布隆迪学生间的关系也变了。这变化很微妙，但我还是觉察到了。班级里开始流行很多神秘莫测的暗示，还有模棱两可的话。遇上体育课或是口头报告必须分组时，我们马上就能感到尴尬。我没法解释这种突如其来的变化、这种显而易见的尴尬究竟是因为什么。

直到有一天课间休息时，两个布隆迪学生趁老师和学监不注意，在大操场后面大打出手。这次打斗把其他布隆迪学生也煽动起来，他们很快分成两拨，一拨支持一个人。一些人骂对方是"肮脏的胡图人"，另一些人就回骂对方是"肮脏的图西人"。

那天下午，我第一次如此深刻地认识到这个国家的现实。我发现了胡图人和图西人之间的满满敌意,这是一道无法逾越的鸿沟,每个人都被迫去选择一个阵营。这个阵营,就像我们赋予孩子的名字,是人们与生俱来的东西,它将伴随着我们走完这一生。胡图人还是图西人,这是一个非此即彼的问题,就像硬币的正反两面。我仿佛一个重获光明的盲人,终于开始明白过去未曾注意的那些手势和目光、沉默和措辞。

战争无须我们邀请,就自动为我们提供了一个敌人。我总是希望自己可以保持中立,可现在我做不到了。我伴随着这段历史出生。它正从我的身体上流淌而过。我是属于它的。

19

二月寒假结束的时候,妈妈、阿娜还有我回到卢旺达,参加帕西菲克的婚礼。在那里,我们看到了比布隆迪更狂暴的现实。一星期前,帕西菲克通知了我们他要结婚的消息。基加利日渐不安定的局势,让他不得不加快脚步。阿娜、妈妈还有我代表全家人出席婚礼。外婆和罗萨莉则留在布琼布拉,她们是难民,没法出门旅行。

欧塞比在格雷瓜尔-卡伊班达国际机场的大厅里等我们。她是妈妈的姨妈,但只比妈妈大一点儿。她一直不肯流亡国外。妈妈自己没有姐姐,就把欧塞比当成姐姐一样看待。欧塞比的肤色和我一样浅,她长长的脸型和家族里的其他女性很像。她有一个又宽又鼓的额头和一对小小的耳朵,脖子纤细优美,门牙略微前突,鼻子和眼皮周围布满点点褐色的雀斑。她身穿黑色褶皱连衣裙,裙摆一直垂到脚面,外头还披着件带厚垫肩的外套,这让她的样子看起来特别可笑。阿娜之前在她家待过一星期,但我是第一次见到她。欧塞比姨妈激动地抱住我,她温柔的肌肤紧紧贴着我,散发出乳木果油的味道。

欧塞比姨妈的丈夫已经过世,她一人住在基加利市中心的一栋房子里,独自抚养四个孩子。三个女儿和一个儿子,年龄从五岁到十六岁，分别是：克里斯泰勒、克里斯蒂安娜、克里斯蒂安、克里斯蒂娜。

欧塞比姨妈的女儿们飞快地跑向阿娜，阿娜走到哪里，她们就跟到哪里，一步都不落下。她们把阿娜当成贵客，接下来的几天里，她们像照顾洋娃娃一样无微不至地照顾阿娜。她们为了谁有权陪伴阿娜而争吵不休，为了给她梳头而大打出手，阿娜的头发很光滑，这对她们来说有一种充满了异域情调的吸引力。她们还在卧室的墙上挂上和阿娜的合影，那是一年以前阿娜来过圣诞节时拍的。

克里斯蒂安和我同岁，他用一双充满笑意的眼睛快活地打量着我。克里斯蒂安很爱说话，这点很像双胞胎兄弟，不过克里斯蒂安还有一颗无与伦比的好奇心。他向我提出许许多多的问题，问我布隆迪的情况、我的小伙伴还有我最爱的运动是什么。作为学校足球队的队长，他非常自豪，坚持要向我展示在校际锦标赛上获得的奖杯和奖牌，尽管它们已经被显眼地摆在客厅的大五斗橱上。一想到下一届由突尼斯主办的非洲杯足球赛，克里斯蒂安就急得直跺脚。他最爱的喀麦隆队没有获得参赛资格，于是他决定支持尼日利亚队。

吃晚餐的时候，欧塞比姨妈给我们说了一大堆滑稽的往事，妈妈听完笑得直不起腰来。欧塞比姨妈幽默地告诉我们，当妈妈和她还是少女时，两人去布隆迪乡间的童子军家度假的事儿。在孩子们的配合下，我们家族所遭遇的不幸和考验由她绘声绘色地讲出来，就变成一系列有趣又奇特的历险故事。她的孩子们为她鼓掌,替她叫好,有时抢在她前面,把故事的结尾说出来,有时又提醒她某个她想说的词用法语该怎么说。吃完晚餐,欧塞比姨妈让我们准备上床睡觉,孩子们立刻快活地闹成一团。女孩们在浴室里把牙刷当作话筒,对着大镜子又唱又跳。克里斯蒂安套上罗杰·米拉①的同款球衣当睡衣。他在卧室墙上贴满了足球运动员的海报,他喜欢睡前对墙耍一会儿球技。他还说肯定能梦到自己赢得世界杯冠军。

　　欧塞比姨妈关上灯,才过了十分钟,克里斯蒂安就沉沉睡去。轮到我快睡着的时候,我忽然听到外面传来帕西菲克的声音。我急忙起床跑进客厅。本以为帕西菲克会穿军装来,但没想到他只穿了一件简单的Polo衫、一条牛仔裤还有一双白色的网球鞋。他一把把我从地上抱起,伸直手臂,把我举过头顶。"看看你,小加比!你现在是个大人啦!很快就会长得比你舅舅还高啦!"帕西菲克依旧有一张天使般的脸庞,有一种诗人般的洒脱气质,只是现在他的眼神变了,变得很严肃。欧塞比姨妈手里拿着一大串钥匙,忙着把家里的门通通上了两道锁。她从厨房回来,关掉了客厅的灯。一秒钟后,黑暗中出现了一束打火机的火苗,把摆在矮桌上的蜡烛点燃了,帕西菲克坐在妈妈对面的一张扶手椅上。妈妈让我回去睡觉,现在大人们想说说话。我拖着脚步,慢吞吞地往回走,但没有回

---

① 罗杰·米拉(1952—),喀麦隆著名足球运动员。

到自己的床上，而是偷偷留在走廊里，躲在门后，在那里我可以看到他们，他们却正好看不到我。欧塞比姨妈终于坐了下来，帕西菲克向妈妈转过身。

"姐姐，谢谢你这么快就赶来。很抱歉，这次的时间安排有点儿紧。结婚的事，我没法再等了。你知道的，让娜的家人都很虔诚、很传统，习惯有条不紊、按部就班。所以，现在为了孩子考虑，我们必须先结婚再告诉他们。这么说，你能明白吗？"他说着眨了一下眼睛，特意强调了这个问句。

妈妈愣了一会儿，好像是要确定她听到的话是不是真的，接着她发出一声快活的喊声，张开双臂拥抱帕西菲克。帕西菲克说的事，欧塞比姨妈早就知道了，只见她微微一笑，脸上洋溢着幸福。帕西菲克很快从妈妈的拥抱里挣脱出来。他心事重重地说："请先坐下，我还有事和你说。"

帕西菲克的脸色暗淡下来。他冲欧塞比姨妈抬了抬下巴，欧塞比立即走到窗边，飞快地冲外面瞟了一眼，然后合上百叶窗，拉好窗帘。她回到帕西菲克身边坐下，头顶正好对着一个洛可可风的塑料相框，里面摆着她和丈夫还有孩子们一起拍的黑白艺术照。有趣的是，这张相片上只有她一人在微笑。其他的家庭成员面对镜头，姿势都显得有点儿僵硬。

帕西菲克挪了挪扶手椅，凑近妈妈坐的椅子。他用一种几乎听不见的声音说：

"伊冯娜，你必须认真听我说。接下来我要说的事可不是开玩笑。现在的情况比大家想象的还要严峻。我们的情报部门截获了一批情报,种种迹象表明可怕的事情将要在这里发生。胡图族的极端分子不愿和我们,也就是和卢旺达爱国阵线分享权力。他们正准备不惜一切代价,破坏和平条约。他们要对所有反对派的领导人来次大清洗,还有社会上所有知名的胡图族温和派人士。大清洗之后,接下来他们要对付的就是图西人了……"

说到这里,帕西菲克停了一下,他竖起耳朵看了看四周,侦查是否有不寻常的声响。屋外,蛙群正有节奏地呱呱叫着。房间的窗帘已经拉上,但街灯还是在客厅里投下一道苍白的黄光。帕西菲克继续用耳语般的声音说:"我们担心这个国家会发生全国性的杀戮,规模史无前例的大屠杀。"

烛光将他的影子投在墙上。昏暗的光线模糊了帕西菲克的脸部轮廓。他的眼睛仿佛悬在了黑暗中。

"所有省都有人在分发弯刀,基加利隐藏着大量武器,民兵在正规部队的支持下接受训练,暗杀名单贴得大街小巷到处都是,联合国甚至收到确切消息说政府打算每二十分钟杀一千个图西人……"

一辆汽车从街上开过。帕西菲克停下来,直到车开远,他才接着低声说:

"这样可怕的消息还有很多很多。我们全家人都在劫难逃。死神把我们团团围住,他的镰刀很快将落在我们头上,我们谁也逃不了。"

帕西菲克的话把妈妈的心拨乱了,她迷惑不安地看向欧塞比姨妈,想从她那里获得一个肯定的眼神。可欧塞比姨妈的眼睛却始终忧郁地盯着地面。

"那阿鲁沙和平协定①呢?过渡政府呢?"妈妈惊惶地问道,"我以为战争已经结束,争端已顺利解决。你刚刚预言的大屠杀,怎么可能发生在基加利呢?这里有那么多戴蓝头盔的维和部队,这不可能……"

"只要把他们杀掉几个,所有白人就会马上从这个国家撤离。这也是极端分子的计划之一。西方大国可不会为了几个可怜的非洲人,拿自己国家士兵的性命冒险。这一点儿小心思,极端分子一清二楚。"

"那我们还等什么?应该马上通知国际媒体、各国使馆,还有联合国。"

"他们早就知道了。他们收到的情报和我们一模一样,但他们根本不在乎。我们不能把希望寄托在他们身上。我们只能依靠自己。姐姐,我这次来见你,是想请你帮忙。我是这个家里唯一的男人,必须马上做出决定。我想请你收留欧塞比姨妈的孩子,收留我的未婚妻还有她肚里未出世的孩子。如果有必要,他们会一直留在布隆迪。在那里至少安全可以得到保障。"

"可你也知道,布隆迪也在打仗啊。"妈妈说。

"卢旺达的情况比打仗更糟糕。"

---

① 1993年8月,卢旺达政府和爱国阵线在坦桑尼亚北部城市阿鲁沙签署旨在结束内战的和平协定。

"你想什么时候送他们过去?"妈妈不再浪费时间,单刀直入地问道。

"我打算让他们复活节假期去找你,这样比较不会引人怀疑。"

"那欧塞比你呢?你打算怎么办?"

"我要留下来,伊冯娜,我得为孩子们继续工作。他们不在身边,事情就好办多了。不管怎么说,我们不能都逃走。我会没事的,别担心,我和联合国那边的人一直保持着联系,出了事的话我会想办法撤离的。"

这时,屋外传来摩托车发动机的轰鸣声。欧塞比快步走向窗边,稍稍拉开一点儿窗帘。有人用车灯发出信号。欧塞比转过身,冲帕西菲克点了点头。他起身的时候,我瞧见他的牛仔裤皮带里塞着一把手枪。

"我必须走了,有人正在等我。明天我们婚礼上见。你们路上小心。我不能送你们去吉塔拉马①,因为有人正在暗中监视着我,我不想让他们知道我们之间的关系。卢旺达爱国阵线战士们的家人一直都排在暗杀名单的最前面。所以我们还是婚礼的时候再见吧。"

说完,帕西菲克悄悄地走向屋外。我从刚刚躲藏的地方走出来,和欧塞比姨妈一同站在窗前。摩托车驶远了。遇上路坑时,摩托车刹了下车,我们隐隐能瞧见后车灯发出的红

---

① 卢旺达中部城市。

光。摩托车的轰鸣声逐渐远去,最终消失在黑暗里。欧塞比拉上窗帘。悄无声息,万籁俱寂。

20

　　第一缕晨曦驱散了黑夜的焦虑。花园里,阿娜和表姐妹们的笑声将我从梦中唤醒。欧塞比姨妈和妈妈一夜没有合眼,我听到她们窃窃私语地聊了一整夜。吃过早餐,我们立即上路。克里斯蒂安和我坐后车厢,屁股底下的行李箱里装着我们参加婚礼的衣服。欧塞比姨妈想让我们到了之后再打扮停当,以防路上被警察盘查。女孩子们紧紧挨在一起,坐在旅行车的后排座位上。妈妈坐在副驾驶,对着遮光板的镜子化妆。我们的车先是穿过一个拥挤不堪的贫民窟,一路上喇叭声此起彼落。等过了长途汽车站,路上的拥堵情况才慢慢好转。城市看不见了,出现在我们眼前的是一片一望无际的沼泽,里面长满了纸莎草。欧塞比姨妈把车开得飞快,她想尽快到达距离基加利五十公里的吉塔拉马。一辆卡车从屁股后面吐出黑压压的浓烟,我们在很长一段路上都没法超过它。卡车的尾气有股臭鸡蛋的味道,于是女孩子们摇起车窗,捂住鼻子。

　　妈妈打开收音机,车内很快响起温巴老爹[1]唱的动人歌曲。表兄妹们应着拍子,手舞足蹈,克里斯蒂安一边像埃塞俄比亚舞者似的挑眉抖肩,一边满脸狡黠地看着我。欧塞比姨

---

[1] 温巴老爹(1949—2016),刚果民主共和国歌手、词曲作者、演员。

妈见状立刻调大了收音机的音量。从后车厢的位置看过去，只见一排脑袋整齐划一地随着音乐的节奏左右摇摆。等唱到副歌部分，女孩子们还一起唱起来："玛利亚·瓦伦西亚，嘿嘿，嘿嘿，嘿！"妈妈被她们的模样逗乐了，她转过头，默契地冲我眨了眨眼睛。这时，电台里一个主持人也滑稽地唱起歌来，他的声音盖过了音乐。我只能听懂他唱的几个基隆迪语词："FM106广播！开心广播！温巴老爹！"他用快活的音调，唱起刚才的副歌，接着又插科打诨，说笑话，真是个广播界的逗趣天才。这氛围把我感染了，我并不喜欢跳舞，但也把身体扭个不停，乱拍着双手，兴高采烈地唱着："嘿嘿，嘿嘿，嘿！"突然间，我发现大家都停下来。表兄妹们的表情一下子变了。克里斯蒂安一动也不动。欧塞比姨妈猛地关掉了收音机。车里没有一个人出声。我看不到妈妈的表情，但我可以感到她很不安。我看着克里斯蒂安问道：

"怎么了？"

"没什么。有人说了蠢话。就是电台的主持人……他刚刚说的话……"

"他说了什么？"

"他说所有蟑螂都该死。"

"蟑螂？"

"对，蟑螂①。"

---

① 原文为卢旺达语。

"……"

"他们用这个词来指我们,指我们图西人。"

车速慢了下来。我们前面的车在一座大桥上停住了。

"是军队的检查站。"欧塞比姨妈慌了神。

士兵们拦下我们的车,其中一个命令欧塞比姨妈熄火,要她交出身份证件。另一个背着卡拉什尼科夫冲锋枪,不怀好意地围着我们的车打转,里里外外地仔细搜查。他走近后车厢,把脸贴上车窗玻璃冲里面打探。克里斯蒂安转过头,避开他的目光,我也一样把头转了过去。然后,这人走到妈妈身边。他上下打量了妈妈一番,用干巴巴的声音要妈妈交出证件。妈妈把她的法国护照递给他。他飞快地扫了一眼,然后冷笑着用法语说:

"您好,法国夫人。"

他饶有兴趣地翻着妈妈的护照。妈妈不敢说话。这人又接着说:

"嗯……我可不觉得你是真正的法国人。我从没见过一个法国女人长着你这样的鼻子,还有这脖子……"

他把手放在妈妈的脖子上。妈妈没有动。恐惧让她浑身僵硬。欧塞比姨妈在另一边对付另外一个家伙。她竭尽全力地把自己的焦虑隐藏起来。

"我们要去吉塔拉马看望一位生病的亲人。"

我看着这些人身后的栅栏,还有挂在他们肩上晃动的武器,我听到皮带嘎吱作响的声音,还有赭红色河水流动的声音。长满纸莎草的陡峭河岸紧紧困住河水,水面上翻卷着一个又一个转瞬即逝的漩涡,河水向桥下流淌而去。真奇怪,我居然能理解这些人的暗示,理解欧塞比姨妈手势里害怕的意思,理解妈妈的恐惧。明明在一个月前,我还什么都不懂。一边是胡图族士兵,一边是图西族家庭。我成了这出仇恨之剧的前排观众。

"好了,快滚吧,一群伪君子!"一个士兵突然说道,他随手把身份证件劈脸扔给欧塞比姨妈。

另一个家伙也把护照还给了妈妈,突然他用食指尖推了推鼻子。

"再见了,蛇蝎美人!既然你是法国人,那就向我们的朋友密特朗叔叔小声问个好吧!"说着,又冷笑起来。

正当欧塞比姨妈发动汽车时,有人过来冲我们的车身踹了一脚。另一个人用枪托砸碎了一扇后车窗玻璃,碎片纷纷落在克里斯蒂安和我身上。阿娜发出一声尖叫。欧塞比姨妈逃也似的把车开走了。

到达让娜家的时候,我们惊魂未定,但欧塞比姨妈要大家什么都别说,免得破坏婚礼的气氛。

让娜一家人住在吉塔拉马高地的一栋朴素的红砖房里,屋外种着一排大戟树做围墙。她的父母、兄弟还有姐妹都在等我们,迎接我们的是一整套又长又繁复的欢迎仪式,他们用特殊的方式彼此拍打后背和手臂,同时还有一整套其他的规定动作。阿娜和我笨手笨脚,被弄得晕头转向,连主人们用卢旺达语问的问题都不会回答了。

这时候,让娜穿着新娘礼服出现了,她的个子很高,看起来差不多和帕西菲克一样高。让娜漂亮得惊人。她手里拿着一束粉色的木槿花,这束花后来交给了阿娜。妈妈温柔地走到让娜身边,用双手捧住她的脸,在她耳边轻声说着祝福的话,欢迎她成为我们家的新成员。

我们换上礼服,一行人向市政府走去。大家选了一条近道走,一条窄窄的土路,穿过一栋紧挨一栋、用泥浆和胶泥筑成的小房子。我和克里斯蒂安走在最前面开道,让娜和妈妈手挽着手,小心翼翼地避免滑倒。沿着这条小道一直走,尽头是通往布塔雷的柏油大路。一路上,看热闹的人们转过身,自行车纷纷停下,好奇的人们从家里走出来打量我们。人们目不转睛地盯着我们瞧,我们的队伍成了全城的焦点。

帕西菲克穿着一件不合身的灰色礼服,在公证大厅里等我们。他又恢复了天真轻松的模样。民政官看上去很赶时间,还有点儿醉醺醺的。他用单调的嗓音背诵了长达几分钟的法律条文,说明夫妻双方的权利和义务。这天来公证的人不多,只有最亲近的亲属才出现在市政府大厅里。没有人微笑,一些人打着哈欠,看着外面在阳光下晃动的高大桉树。帕西菲克和让娜丝毫没有隐藏自己的感情,已经结为夫妻的他们看起来非常快活。他们的目光从来没从对方身上挪开过,一想到未来的幸福生活,两个人都微笑起来。他们用双手轻柔地抚遍对方全身，在总统的画像下，说出"我愿意"。尽管在和平协议达成以前，帕西菲克要打的正是这位总统。

仪式结束后，我们一行人走回让娜在高地上的家。天空有些发灰，正午的天色暗淡得像夜晚似的，一阵狂风从城市上空卷起朵朵由尘土组成的红云，把一些小房子的铁皮屋顶都吹开了。欧塞比姨妈对帕西菲克说，我们得在傍晚前赶回基加利，这样更安全些，帕西菲克没有坚持要我们留下。他知道那样会有危险，我们能来，他就很高兴了。

但是，突如其来的一场大雨让我们没法马上动身。雨水把天空洗得锃亮，云散日出后，久违的阳光重新照耀大地。现在是时候得走了。让娜送给我们每人一件礼物，向我们表示感谢。我收到的是一尊陶土烧制的高山大猩猩塑像。妈妈挽住让娜的手臂不放，她不停地对让娜说，自己迫不及待地想在布隆迪再见到她，到那时候她们就有足够的时间，更好地了解彼此。妈妈又悄悄地把一只装着钞票的小信封，塞进让娜父亲的口袋。老人摘下他那顶古怪的牛仔帽，向妈妈表示感谢。欧塞比姨妈拉着让娜走向小花园的深处，她将双手的掌心搁在年轻新娘的腹部，为那还没出世的孩子祈祷。所有人互相挥手告别，分手的时刻近在眼前，婚礼竟如此迅速、如此秘密地完成了。克里斯蒂安和我重新坐进后车厢。帕西菲克替妈妈关上车门，然后向车里探过身。

"回头再摆一桌像模像样的喜酒，到时候我一定把吉他也带来！"

大家都齐声说好。

"对了,姨妈,你的车窗怎么了?"

"哦,没什么,出了点儿小意外,没什么大不了的。"欧塞比姨妈撒了个谎。

说完,她发动汽车,把车开出让娜家的小院。车开出大门,我回头去和大家说再见。只见让娜和帕西菲克站在最前面,他们身穿结婚礼服,十指紧扣。一旁站着让娜的父亲,他把帽子举过头顶挥舞着。其他亲戚默默地站在他们身后。傍晚,玫瑰色的光照亮了大家的半边身体,看上去好像一幅油画。我们的汽车上下颠簸,沿着窄窄的土路,慢慢开下山。帕西菲克和让娜一家最终从我们的视线里消失,斜坡把他们的身影吞没了。

21

我坐在厨房的餐桌旁写作业。普罗多一边洗碗,一边沉浸在自己的思绪中。收音机里正在播放新总统的讲话,新总统名叫西普里安·恩塔里亚米拉,是布隆迪民主阵线的成员,议会在几个月的权力真空后,将他选举为新任总统。

早晨的时候,距离学校不远的街上发生一起谋杀案,结果下午的课就被取消了。我从卢旺达回来不久,学校就开学了,但我再没在死胡同里见过小伙伴们。我合上作业本,打算去吉诺家转转,想给我们之间的尴尬关系来个了断。但吉诺不在家,于是我又去了双胞胎兄弟家。他们正和阿尔芒躺在沙发上,入迷地看一部功夫片。我在客厅的地毯上躺下来。思绪漫无目的地游走,一些景象像走马灯似的在眼前展开。我应该睡了很久,因为再睁开眼睛时,屏幕上正慢慢滚动着片尾字幕。接着,我们又决定去秘密基地玩扑克牌。当我们拉开大众车的车门,却意外撞见吉诺和弗朗西斯正在合抽一支烟。我用了好一会儿,才明白眼前发生了什么。

"他在这里干什么?"我怒气冲冲地问道。

"别激动。我提议让弗朗西斯加入。我们需要他一起保护死胡同。"

弗朗西斯大摇大摆地伸展开四肢,躺在后排车座上大口抽烟,他漫不经心的模样,简直是把这里当成了自己家。阿尔芒和双胞胎兄弟没说什么。于是,我砰的一声用力关上车门。一种遭人背叛的感觉涌上心头。我转身要离开这片荒地,这时候吉诺一把抓住了我。

"回来,加比!别走!"

"你到底是怎么了?"我把吉诺猛地向后一推,大声喊道,"他是我们的死对头,但现在你却要让他加入?"

"我对他了解得太少了。以前是我误会了他。他不是你想象的那种人。"

"那他在河边做的事呢?你忘了吗?这个混蛋,他想要杀死我们!"

"他对那件事很后悔,事后他来敲我家的门,请我原谅他……"

"你竟然会相信他的鬼话?难道你看不出他又在搞鬼吗?就像我生日那天一样。"

"不是的,不是的,加比,你弄错了。弗朗西斯是个规规矩矩的好人。我和他聊了很多,他不是坏人,只是,你瞧,他这辈子的运气不太好而已。他也失去了妈妈。怎么说呢……你大概是不会理解的,因为你是有妈妈的孩子。失去了母亲,会让一个男人立刻变得完全不一样,让他坚强又……"

吉诺垂下头,用鞋尖在松软的土地上挖出一个洞。

"吉诺……我一直想对你说……你妈妈的事,我很抱歉。但为什么你从来没和我提过呢?"

"我不知道。再说你知道,我妈妈并不是真的死了。这件事很难解释。我和她说话,我给她写信,有时候还能听到她和我说话。你明白吗?就是说我妈妈她在……某个地方……"

我很想过去拥抱吉诺一下,对他说些安慰的话,但我不知道具体该怎么做,怎么说才好。我一直不太懂这些事。我觉得自己和吉诺贴得很近,我不想失去他。吉诺,我的兄弟,我的朋友,另一个积极向上的我。我一直想成为他那样的人。他身上具有我所欠缺的力量和勇气。

"吉诺,我还是你最好的朋友吗?"

吉诺看了看我的眼睛,向我身后的洋槐树丛走去。他从树上折下一根尖刺,把它含在嘴里吸吮,用口水除去上面的尘土,然后用它刺破指尖。一粒血珠冒了出来,就像我们检查疟疾时的样子。他一把抓过我的手,用同一根刺刺破指尖的皮肤。血涌了出来,吉诺把我们的指尖紧紧贴在一起。

"这是我给你的回答,加比。现在,你是我的兄弟。我爱你,胜过爱任何人。"

吉诺的嗓音轻轻颤抖着。我觉得嗓子里一阵刺痒。我们都不敢看对方,生怕目光一交错,就忍不住流下眼泪。然后,我们手拉着手,回到大众车里。

弗朗西斯正和双胞胎兄弟还有阿尔芒,聊得热火朝天。他们全神贯注地听弗朗西斯侃侃而谈,那股认真劲儿一点儿不输刚刚看功夫片的时候。弗朗西斯把故事讲得比双胞胎更绘声绘色,他时不时地在句子里加入自己发明的词,把斯瓦希里语、法语、英语和基隆迪语通通混在一起用。

车外的热浪慢慢散去,我们提议不如一同去河边凉快凉快。

"如果你们想游泳,我知道一个地方,比穆哈河强百倍。"弗朗西斯说,"跟我来!"

他在大路上拦下一辆蓝白相间的出租车。一开始,司机还找借口不想载我们这群孩子,弗朗西斯直接把一张一千块的钞票塞到他鼻子底下,这家伙立马就同意了。我们甚至都还没反应过来,真是快得像变魔术!走出了死胡同的小天地,大家一下子兴高采烈起来。双胞胎不停地问:

"我们要去哪儿?我们要去哪儿?我们要去哪儿?"

"暂时先保密。"弗朗西斯神秘兮兮地回答说。

滚滚的热浪涌进车里。阿尔芒把手臂伸出窗外,做出飞机迎风起飞的姿势。整个城市生机勃勃,市场四周吵吵嚷嚷,自行车和小巴士把长途汽车站堵得严严实实。没人会相信这个国家正在经历战乱。路易·鲁瓦加索尔王子大道两侧的树枝上挂满了沉甸甸的芒果。我们瞧见另一个街区的孩子正忙着用长杆摘芒果,吉诺见状冲他们按了按喇叭。出租车开上全城地势较高的地方。空气一下子变得凉爽宜人。我们从王子的陵墓前驶过,那里矗立着一个巨大的十字架,还有三个颜色对应国旗色的尖角拱门,上面用大写字母镌刻着布隆迪的格言:"团结、劳动、进步"。我们在的地方已经很高了,放眼望去,地平线尽收眼底。布琼布拉的形状好像一张摆在水边的折叠式帆布躺椅,又像是铺展在群山山脊与坦噶尼喀湖间的海水浴疗养地。我们在圣灵中学门前下车,它像一艘巨大的白色轮船似的俯瞰着城市。我们从未登上过布琼布拉这么高的地方。弗朗西斯将一千块钱交给出租车司机,让他在原地等我们。

我们走进圣灵中学,天上忽然落下大粒大粒热乎乎的雨滴,雨水在尘土表面砸出火山口似的小坑,溅起的水珠把我们的小腿肚都弄脏了。地面散发出泥土的潮湿气味。学生们看天上下起大雨,急忙跑回教室和寝室躲雨。很快,空荡荡的大操场上只剩下我们几个人。弗朗西斯带着我们,沿一条小路向前走。我边走边张开嘴,雨滴落在舌头上,一股清凉的感觉在口腔内弥漫开来。我们在一堵矮墙后发现了一个游泳池。简直是难以置信。一个符合奥运会标准的、名副其实的游泳池,池边还有个高大的水泥跳台。弗朗西斯立即脱光全身衣物,向它跑去。吉诺紧随其后,也把衣服脱光。很快,我们所有人都脱得赤条条的,甚至连最保守最谨慎的阿尔芒也不例外,大家抱紧膝盖,蜷成一团,跳入水中。狂暴的大风裹挟着雨水,敲击在泳池的水面上,偶尔有一两道阳光穿透雨幕。我们快活得好像这是雨季来临的头一天。大家疯狂肆意地开怀大笑,一群人你追我赶,翻腾逐浪,又把头埋到水下,互相拉扯腿脚,闭气取乐,直累得精疲力竭。弗朗西斯用手扒着池壁,做了几个团身后翻的动作。这一招把小伙伴们都镇住了,吉诺头一个就叫起好来。他看到人的身体竟能做出这样高难度的动作,眼睛都亮了。我感到嫉妒正在噬咬我的心。

"你敢从那个高台上跳下来吗?"吉诺被仰慕之情冲昏了头脑,冷不丁地问。

雨水噼噼啪啪地拍打在我们脸上。弗朗西斯抬起头瞧了瞧说:

"你疯了!那儿有十米高呢!会死人的。"

我一秒都没犹豫。我要向吉诺证明自己比弗朗西斯更强。于是我翻身上岸,脚步坚定地向着跳台的长梯走去。长梯的台阶滑溜溜的,顶端的跳台隐没在一片薄雾中。我一面向上爬,一面感到雨水在脸上汇成涓涓细流,让我睁不开眼。我用尽全力向上爬,默默祈祷千万不要踩空。小伙伴们像看一个疯子似的看着我。我终于爬到跳台顶上,一直走到台边才停下。小伙伴们在下面用一副不可思议的表情看着我。他们的小脑袋像气球一样漂浮在水面上。我没有头晕,只是心跳得非常快。我有点儿想原路回去了。但就在这时,我瞧见了弗朗西斯,他冷笑着嘲讽我,说我是被妈妈惯坏了的胆小鬼。要是我退缩了,吉诺肯定也会大失所望,他会站到弗朗西斯那边,再也不理我,把我们的友谊还有歃血之盟通通抛在脑后。

从跳台顶上,能看到整个布琼布拉,看到广袤无际的平原,还有坦噶尼喀湖蓝色湖面另一侧、在远古时代形成的扎伊尔群山。我光着身子站着,脚下是我的城市,热带的雨水抚摸我的肌肤,从我身体上滑落,形成厚厚的一道雨帘。银光闪闪的彩虹倒影飘浮在温柔的云端。我听到小伙伴们在喊:"来啊,加比!跳啊,加比!快跳啊!"恐惧再次袭来。我被吓得浑身僵硬,它却乐此不疲。我转过身,背对游泳池。脚跟踩空。我吓尿了,黄色的液体像常春藤似的沿着双腿蜿蜒而下。为了给自己鼓劲,我顶着瀑布般倾泻而下的大雨,发出一声印第安人式的大喊。然后,像弹簧一样弯了一下膝盖,给身体一个向后的推动力。我在空中转了一圈,不知哪里来的神秘力量控制了我的身体,起跳动作很完美。但接着,我就像一个可笑的木偶,直接掉了下去。等水面张开软绵绵的双臂,用热辣辣的漩涡和刺痒的气泡热情地把我包裹,我早已不知道自己在哪里了。我沉了下去,躺在池底,品味刚刚的壮举。

等我浮出水面,胜利了!小伙伴们向我扑来,嘴里喊着:"加比!加比!"水面上一片喧闹的景象。吉诺握住我的手,像拳击裁判一样将它举起,弗朗西斯过来亲了亲我的额头。他们光溜溜的身体紧挨着我擦过,他们抱住我,给了我一个结结实实的拥抱。我做到了!我这辈子第二次战胜了那该死的恐惧。终有一天,我一定能摆脱这层可笑的甲壳。

上了年纪的守门人跑过来赶我们走。大家抓起湿透的衣服,光着屁股,拔腿就跑,跑到半路就笑得上气不接下气。出租车司机看到我们赤条条地爬上车,忍不住也放声大笑起来。他打开车灯,沿着奇里里街区蜿蜒的道路,慢慢地开下山。我用内裤擦去车窗上的水汽,想看看城市的夜景。现在,布琼布拉有万点灯火闪烁,仿佛一片萤火虫照亮了昏暗的平原。杰弗里·欧耶玛①在广播里唱着"玛卡姆波",他的嗓音很动听,好像一粒糖块溶化在灵魂里,大家渐渐从满溢的幸福里平静下来。我们从没感到这样自由,这样有活力,所有人从头到脚地体验到同样的情感,被同样的氛围感染。想到此前自己对弗朗西斯有偏见,我感到很内疚。他和我们是一样的,和我也是一样的。他还是个孩子,尽自己所能地生活在一个并没有给他多少选择的世界里。

一场真正的暴雨席卷了布琼布拉。路旁的排水沟涨满了水,浑浊的泥水裹挟着垃圾,从地势高的地方向大湖流去。雨刷器根本起不了任何作用,只是气喘吁吁地在挡风玻璃上做着无用功。漆黑的夜色下,车灯的亮光在路上扫出一道道光路,替雨滴点染上黄黄白白的色彩。我们踏上了回死胡同的归途,这个疯狂的下午即将结束。

出租车在经过穆哈桥时,突然一个急刹车。大家没有防备,惯性让我们的身体向前冲,挨个儿撞在一起。弗朗西斯的脑袋撞上挡风玻璃。他抬起头,鼻血从鼻子里流出来。还没等我们回过神,出租车司机的模样把我们吓得连血液都快冻结了。他僵硬得像块石头,双手握着方向盘打战,惊恐的双眼直愣愣地盯着前方的道路,嘴里不停地说:"撒旦!撒旦!撒旦!"

我们看到黑暗中,一匹黑马的影子擦着车灯射出的光,一掠而过。

---

① 杰弗里·欧耶玛(1953—),乌干达音乐人。

22

一九九四年四月七日的早晨,电话铃声在空荡荡的房间里响个不停。爸爸一夜都没回来。最后是我拿起了听筒:

"喂?"

"喂?"

"是你吗,妈妈?"

"加比,叫你爸爸来。"

"他不在家。"

"什么?"

妈妈停了一下。我听到她深深吸了口气。

"我现在就来。"

院子里一个人都没有,就像之前政变过后的第二天。普罗多不在,多纳蒂安不在,甚至连看门人也不在。所有人都不见了。妈妈骑着摩托车飞快地赶来了。她三步并作两步,跑上台阶,连头盔都没摘,就把阿娜和我紧紧抱在怀里。妈妈看起来很焦虑。她在厨房泡好茶,回到客厅坐下。她用双手捧着茶杯,闻着茶叶热气腾腾的香气。

"你们爸爸经常把你们单独扔在家里?"

我摇了摇头,但阿娜却回答是。

"发生政变的那个晚上,爸爸就不在家。"阿娜不假思索地说。

"混蛋!"妈妈喊道。

等爸爸回来了,他走进客厅,没有和任何人打招呼。直到看到妈妈坐在沙发上,才惊讶地问:

"你在这里做什么,伊冯娜?"

"你整晚上把孩子们扔在家里,你还像个爸爸吗?"

"啊,我明白了……你想和我谈谈这事儿吗?你真的想谈谈?是你先离开了家,你最没资格指责我。"

妈妈闭上眼睛。她把头低下,吸了吸鼻子,然后又用衬衣袖子擦了擦。爸爸面无表情地看着她,做好和她大吵一架的准备。当妈妈向我们转过身时,泪水早已把她的双眼弄得通红。她说:

"昨天夜里,布隆迪和卢旺达的两位总统都被杀了。他们乘坐的飞机在基加利上空被击落了。"

爸爸的身体一下子倒在扶手椅里。这个消息把他击倒了。

"让娜和帕西菲克没有接电话。欧塞比姨妈也没有。我需要你的帮助,米歇尔。"

在布琼布拉,尽管新总统的死讯已经传开,但局势仍旧平静。爸爸给法国使馆的宪兵部打了电话,妈妈则绝望地想联系上在卢旺达的家人。到傍晚的时候,欧塞比姨妈的电话终于打通了。爸爸也在一旁听着。

"伊冯娜,"欧塞比喊道,"伊冯娜,是你吗?不,这里的情况糟透了。昨晚,我们听到飞机爆炸的声音。几分钟后,广播里就传来新总统的死讯,还说是图西人策划了这次暗杀活动。他们号召胡图人拿起武器,展开报复行动。我知道这是要开始大清洗的讯号。大街小巷里很快到处筑起街垒。从昨晚开始,民兵还有总统卫队就在城里来来回回地扫荡,一个街区都不放过,他们闯入图西人和胡图族反对派的家里,把所有人都杀光,一个不留。今天早晨,天快亮的时候,我们的邻居还有他们的孩子们都被杀了,就在那里,在围墙后面。太可怕了,我的上帝……我们听到那家人临死前的惨叫声,但却什么都做不了。我们彻底吓坏了。大家待在家里,直接睡在地上。我们听到四周都是冲锋枪的枪声。我一个人带着四个孩子,我该怎么办呢?伊冯娜,等待着我们的会是什么?我试着联络联合国的人,但完全联系不上。我快绝望了……"

欧塞比姨妈上气不接下气。妈妈尽力安慰她说:

"别这么说,欧塞比!我现在和米歇尔在一起,我们一会儿就去基加利的法国使馆。别担心。我相信帕西菲克正在回来找你们的路上。如果可以的话,试试看去教堂躲避一下。凶手们不会攻击教堂的,你还记得一九六三年和一九六四年的大屠杀吗?我们就是这样活下来的,他们不敢玷污神圣的教堂……"

"没可能了。整个街区都被团团围住。我不能冒险带着孩子们闯出去。我已经决定了。我会和孩子们一起祈祷,然后把他们藏在吊顶里,再自己出去找人帮忙。但我还是很想现在和你说一声永别了。这样更好些。这次,我们侥幸生还的概率很小。他们对我们有刻骨的仇恨。这次他们想要一了百了。三十年来,他们一直喊着要将我们赶尽杀绝。今天是付诸实践的时候了。他们心中再无怜悯。我们已经长眠地下。我们将是最后一批图西人。在我们死后,请你们再创造一个新的国家吧。我要挂电话了。永别了,我的妹妹,永别了……替我们好好生活下去……你的爱与我同在……"

妈妈放下听筒,身体僵硬,牙齿咬得咯咯作响,她的双手颤抖着。爸爸把妈妈抱在怀里安慰她。妈妈很快平静下来,她让爸爸拨出一个号码,接着是另一个,然后又是一个……

接下来的日日夜夜,爸爸妈妈轮流守在电话机旁拨打电话,想要联系上联合国、法国使馆还有比利时使馆。

"我们只负责安排西方人撤离。"话筒另一边的人冷冰冰地回答。

"还得负责带上他们的猫和狗!"妈妈愤怒地大喊道。

几小时、几天、几周过后,随着时间推移,从卢旺达传来的消息证实了几周前帕西菲克的预言。卢旺达境内的各地都在有条不紊地系统地屠杀、清洗、灭绝图西人。

妈妈再也吃不下饭。妈妈再也睡不着觉。每天夜里,她悄悄地爬下床。我听到她取下客厅的电话听筒,又一次拨出让娜家还有欧塞比姨妈家的电话号码。到了早晨,我看到她躺在沙发上睡熟了,话筒还搁在耳朵旁,里面传来空洞的嘟嘟声。

死亡名单每天都在增加,卢旺达变成了一片无边无际的、猎杀图西人的猎场。图西人,一种出生即有罪的人,一种活着即有罪的人。杀戮者眼中的害虫,必须碾死的蟑螂。妈妈感到自己毫无力量,毫无用处。尽管她不缺决心也有勇气,可她救不了任何人。她眼睁睁看着自己的族人、自己的家人一一消失,什么都做不了。她不知所措,好像人在深水中脚踩不到底,她离我们离自己都越来越远了。她从心底饱受煎熬。她的脸庞日渐憔悴,厚厚的眼袋挂在眼睛四周,皱纹在她的额头上刻下一道道印迹。

家里的窗帘再没有拉开过。我们生活在逆光里。收音机的声音吵吵嚷嚷地在幽暗无光的大房间里回荡着,广播在播报体育赛事结果、股市行情和推动世界运转的小小政坛变动之余,也给压抑的哭声、求救的呼喊还有无法承受的痛苦留了一席之地。

在卢旺达,这种算不上是战争的局面持续了长长的三个月。我已记不清大家这段时间究竟做了什么。学校、小伙伴还有日常的生活,我一点儿印象都没有。我们一家四口又重新生活在一起,但是一个巨大的黑洞把我们吞没了,吞没了我们还有我们的记忆。一九九四年从四月到七月,我们待在家里,在电话和收音机旁边,远距离地经历了发生在卢旺达的种族大屠杀。

六月初传来了头一批消息。帕西菲克从外婆家打电话来。他还活着。他没有任何人的消息。但他知道自己所在的部队即将攻打吉塔拉马，他能去让娜家待一周。这个消息让我们重新燃起希望。妈妈成功地联络上几个远房亲戚还有少数的几个朋友。他们说的故事非常可怕，能够侥幸生还，简直堪称奇迹。

卢旺达爱国阵线在战场上节节胜利。大屠杀的始作俑者卢旺达政府和军队开始溃败，他们决定从基加利逃跑。为了阻止大屠杀，维护卢旺达各地的安定，法国军队发起名为"绿松石行动"的大规模人道主义救援运动。妈妈说，这是法国政府帮助他们的同盟胡图人的最后一招。

七月的时候，卢旺达爱国阵线终于打进了基加利。妈妈、外婆和罗萨莉闻讯，立即动身前往卢旺达，寻找欧塞比姨妈和她的孩子们，还有让娜、帕西菲克和其他亲朋好友。她们在长达三十年的流亡生涯后再次回到自己的祖国。她们曾无数次想象过这趟归程，尤其是上了年纪的罗萨莉。她一直想在祖先生活的土地上，过完最后的日子。然而，流淌着鲜奶和蜂蜜的卢旺达已经消失。从此以后，留下的只是一个露天墓穴。

23

学期快结束了。在布琼布拉,因为政治局势的影响,第一批撤离开始了。双胞胎兄弟的爸爸决定回法国去,永远不再回来。这个消息像断头铡一样猛地向我们袭来,我们只来得及在双胞胎家的大门外和他们说再见。太快了。他们的汽车开出死胡同,卷起一片云一样的尘土。于是,弗朗西斯有了个主意,他想乘出租车去机场给双胞胎兄弟送行。我们赶到机场的时候,他们正要上飞机。大家挨个儿拥抱。我要他们保证一定要给我写信。他们俩异口同声地说:"我发誓,以上帝的名义!"

双胞胎兄弟的离去让我们陷入了空虚。一开始,大家觉得待在空地上的大众车厢里,不论是阿尔芒说的笑话,还是下午时分的故事,总少了点儿和它们搭配的笑声。双胞胎走了后,留给弗朗西斯的发挥空间更多了。打那以后,我们唯一会干的事儿,就剩下滔滔不绝地侃大山。大家花上长长的几小时,坐在大众车的车座上,听一盒彼得·托什[①]的旧磁带,抽廉价香烟,对口喝弗朗西斯从报亭买来的瓶装芬达和啤酒。

"该给大伙儿取个响当当的名字。"吉诺说。

---

① 彼得·托什(1944—1987),牙买加雷鬼音乐人。

"我们已经有啦！基纳尼拉男孩。"

吉诺和弗朗西斯傻兮兮地冷笑起来。

"这名字太寒碜了！"

"我得提醒你，这可是你自己取的，吉诺。"我生气地说。

"先不管取名字的事，以后别再说大伙儿了，应该说帮派。"弗朗西斯说，"布琼布拉和洛杉矶或是纽约一样，都是属于帮派的城市。一个帮派占领一个街区，比维扎的'不败会'，尼噶噶拉的'永胜帮'，布扬济的'六车库'……"

"没错，没错，还有'芝加哥公牛帮'和'无帽党'。"吉诺说话的样子好像说唱艺人。

"那我们就是基纳尼拉帮，"弗朗西斯说着吐出一口烟，"我来告诉你们搞帮派是怎么回事。首先得有武器，有严格的等级。轮到死城日的时候，再筑起街垒。所有人都很尊敬他们。就算是民兵也不敢去骚扰。"

"伙计们，我们不用也搞死城日那一套吧？"阿尔芒问道。

"我们得保卫我们的街区。"吉诺回答说。

"有我爸在，要是我敢在死城日出门的话，那我就死定了，我的伙计。"阿尔芒微笑了一下。

"别担心，不是说要马上筑街垒，"弗朗西斯说，现在他已经把自己当成了我们的首领，"我只是希望能和把持穆哈桥的'不败会'保持好关系。得向他们证明我们和他们站在一边，时不时地帮上他们一把，这样我们就能继续在自己的街区里舒舒服服地生活了。到了必要的时候，他们肯定会保护我们的。"

"我可不想和那些杀人凶手打交道,"我说,"他们只知道杀害下班回家的可怜男仆。"

"加比,他们杀的是胡图人,而胡图人要杀我们!"吉诺回答道,"以牙还牙,以眼还眼,你懂吗?连《圣经》上都是这样写的。"

"《圣经》?从没听说过这玩意儿!我只知道刚果的诺东博罗歌里是这样唱的:'以眼还眼,毫不手软!毫不手软!哦!哦!哦!'"

"够了,阿尔芒!"我厌烦地喊道,"这一点儿都不好笑!"

"你知道胡图人在卢旺达是怎么对我们的亲人的吗,加比?"吉诺又开口说,"如果我们不想办法保护自己,他们就会把我们都杀光,就像杀死我妈妈一样。"

弗朗西斯冲我们的脑袋上吐出一个个圆形的烟圈。阿尔芒不敢再插科打诨。我本想对吉诺说,他弄错了,事情不能这样一概而论,如果人人都要报仇,那战争便没有停止的一天,然而我却什么都没说,一听他提起他妈妈,我就不知道该怎么办了。我对自己说,现在吉诺的悲伤压倒了理性。痛苦是语言博弈里的王牌,王牌一出,任何其他理由都得靠边站。从某种意义上说,这并不公正。

"吉诺说得对。身在乱世,说什么保持中立都是扯淡!"弗朗西斯摆出一副什么都明白的样子,我看了更加愤怒。

"你是可以这么说,反正你是扎伊尔人。"阿尔芒听完,扑哧一声笑出声来。

"没错,我是扎伊尔人,但我是有图西族血统的扎伊尔人。"

"你瞧,这就是另外一回事了!"

"人们管我们叫班雅姆朗日族。"

"算了吧,从来没听说过。"阿尔芒说。

"要是我们不想选边站呢?"我问道。

"我们没有选择,每个人都有自己的阵营。"吉诺说完,嘴角挂起一个充满敌意的微笑。

这样的争论让我感到厌倦,弗朗西斯和吉诺却对暴力迷恋得神魂颠倒。我决定以后少去秘密基地。我甚至主动避开小伙伴们还有他们充满好战色彩的胡说八道。我需要呼吸一点儿新鲜空气,换换脑子。有生以来的第一次,我觉得死胡同是一方如此狭小闭塞的天地,把我的忧虑困在里面团团打转。

一天下午,我偶然间在伊科诺莫普洛斯夫人家的九重葛篱笆前撞见了她。我们就雨季和晴天的话题聊了几句,她邀请我去家里喝一杯百香果汁。一走进伊科诺莫普洛斯夫人家的大客厅,我的视线一下子被覆盖了整面墙的大书架给吸引了。我从未在一个地方见过那么多书。从地面到天花板,满满的书。

"所有这些书您都读过吗?"我问道。

"是的,有些甚至还读了好几遍。它们是我这一生中的最爱。让我笑,让我哭,让我有了疑问,也让我开始思考。它们为我提供了藏身之所,是它们改变了我,让我变成另一个人。"

"一本书就能改变我们?"

"当然,一本书就能改变你!甚至是你的一生。就像一道闪电。我们不知道何时会和一本书相遇。必须提防它们,它们是沉睡的精灵。"

我的指尖从书架上滑过,轻轻抚摸书籍的外壳,它们的质地不尽相同。我在心里默念出标题上的字。伊科诺莫普洛斯夫人观察着我,没有说话,可是当我的目光被某本书吸引时,她就会鼓励我说:

"拿下来看看吧,我保证你会喜欢它的。"

那天晚上,我在上床前,从爸爸的书桌抽屉里顺手拿了个手电筒。我躲在被单下,开始了阅读之旅,故事里有年迈的渔夫,有年幼的男孩,有一条大鱼,还有一群鲨鱼……随着我不断读下去,床铺变成了大船,我听到海浪拍打床垫的啪啪声,感到海面的空气和风吹起被单做的帆。

第二天,我把书还给伊科诺莫普洛斯夫人。

"你已经读完了?好样的,加布里耶!我再借另外一本给你。"

接下来的夜晚,我听到金属碰撞的声音,听到马匹奔跑的声音,听到骑士的斗篷窸窸窣窣的声音,还有公主的花边连衣裙的沙沙声。

还有一天,我和一个女孩子还有她的家人躲在一间狭小的房间里,整个城市战火绵延、一片废墟。我的视线越过女孩的肩膀,读她在日记里写的话。她在里面写下她的恐惧、她的梦想、她的爱情还有此前的生活。我居然觉得这写的就是我自己,好像写下这些文字的人本应该是我。

每次我把书还给伊科诺莫普洛斯夫人,她都会问我觉得那本书怎么样。我暗自琢磨她问这个是想干什么。于是我起先只是简单地讲讲故事大意,说说书里的重要情节、人名地名。伊科诺莫普洛斯夫人听完很满意,我很想从她那里再借点儿书,然后躲进房间,一目十行,贪婪地读起来。

后来我也会讲讲自己的感想、疑问和对作者或人物的看法。就这样,我继续品尝书的味道,将故事不断延续。我开始养成每天下午去拜访伊科诺莫普洛斯夫人的习惯。有了书,我突破死胡同的限制,呼吸到新鲜空气,世界开始向更远处延展,我不再抱紧恐惧、缩成一团。我不再去秘密基地,不再想见小伙伴们,不想听他们说起战争、死城日、胡图人还有图西人。伊科诺莫普洛斯夫人和我两人坐在她家花园里的金合欢树下。铸铁餐桌上摆放着茶水和热饼干。我们花上几小时讨论她借给我的书。我发现自己能滔滔不绝地说出潜伏在心底深处的东西,过去我完全不知道它们的存在。我在这片绿荫的避风港里,学会了找到自己的趣味、自己的愿望、自己看待事物还有感受宇宙的方式。伊科诺莫普洛斯夫人让我有了自信心,她从不对我作评价。她天生就有一种懂得倾听、给人信心的能力。畅所欲言之后,傍晚在夕阳的光线里降临了,我们在花园里散步,看起来好像一对古怪的恋人。我觉得自己好像走进教堂的穹顶之下,鸟儿的鸣叫仿佛轻轻的祈祷声。我们在伊科诺莫普洛斯夫人种的野兰花前停下脚步欣赏,在一列列木槿花和榕树幼苗间徜徉。在街区的蜂鸟和蜜蜂眼中,伊科诺莫普洛斯夫人的花园真是一场豪华的盛宴。我从树下捡起枯叶,准备拿回去做书签。我们慢腾腾地走着,有时甚至故意放慢脚步。我们在丰美的草地上拖着步子,好像这样就可以把时间留住,而正在这时,夜色慢慢地把死胡同彻底罩住了。

24

等到开学那天,妈妈从卢旺达回来了。那是"死城"日过后的第二天。去学校的路上,到处都是烧焦的汽车钢架、堆在路面上的石块还有熔化后正在冒烟的轮胎。一具尸体躺在路肩上,爸爸要我们转过头别看。

校长在法国宪兵的陪同下,把我们叫到大操场上,向我们宣布了新的安全指令。原来围绕着学校的密密麻麻的九重葛被一堵砖头高墙代替了,目的是保护我们免受流弹伤害。

一种深刻的焦虑把整个城市击倒了。大人们开始感到新的灾难正在逼近。他们害怕这里的局势会像卢旺达一样恶化。街上的路障越来越多,在这个暴力的季节里,城市生长出更多的铁丝网、保安、警报、栅栏、起重机、铁蒺藜。这一整套安保系统试图让人们相信自己能够规避暴力,把它拒之门外。我们生活在一种奇怪的氛围里,不算是战争,也不算和平。大家习以为常的价值观不再有用。不安全感变成一种比饥渴或是炎热更平常的感觉。怒火和鲜血在人们的日常生活里如影随形。

有一天,我在上下班高峰的时候,亲眼见到一个男人在中央邮局门口被打死了。当时爸爸坐在车内。他让我去信箱拿信。我很想快点儿看到萝拉的来信。就在这时,三个年轻人从我面前经过,他们无缘无故地就向一个路人突然发起了攻击。他们用石块猛砸那个可怜鬼。街角的两个警察视若无睹地看着这一幕。行人们纷纷停下脚步,站在一旁观看,好像是不愿放弃欣赏这一场免费演出的机会。其中一个施暴者跑去鸡蛋花树下找大石头,那里本是卖烟和口香糖的小贩平时坐的地方。被打的男人挣扎着刚想站起身,一块大石头就砸碎了他的脑袋。他的身体倒在柏油路面上。胸膛在衬衣底下起伏了三次。起伏的速度很快。看得出这人还想吸口气。但很快他就不动了。施暴者走的时候,一脸平静,和他们刚刚来的时候没有两样。行人们继续赶路,他们绕开那具尸体走,好像那只是个圆锥形的路障。整个城市再次活跃起来,人们继续活动、采购,继续按部就班的日常生活。路上的车辆川流不息,小巴士的喇叭声此起彼落,小贩们叫卖着袋装饮水和花生,恋人们期待能在信箱里收到情书,一个孩子为生病的母亲买下白色的玫瑰,一个女人拿着浓缩番茄汁讨价还价,一个男孩顶着时髦的发型走出理发店,而在不久前,一些人刚刚不受惩罚地杀死了另一些人,在和往日没有两样的太阳底下。

雅克的汽车开进院子时,我们正在吃饭。从路虎车上走下来的是妈妈。两个月来,我们一直没有她的消息。我们差点儿认不出她了。她瘦得厉害。腰上胡乱套了条裙子,身上松松垮垮地穿着一件浅棕色的衬衣,没有穿鞋的双脚上满是污垢。她不再是那个我们熟悉的优雅精致的都市女人,她的模样好像一个浑身沾满泥浆、刚从菜豆田里回来的农妇。阿娜冲下台阶,扑进妈妈的怀里。她的身体看起来很虚弱,阿娜这一抱差点儿就把她给撞倒了。

我看到妈妈脸上有了皱纹,她双眼发黄,眼周发青,皮肤干枯。从敞开的衬衣领子里,能看到她的身体上满是生过水泡的瘢痕。妈妈一下子老了许多。

"我是在布卡武找到伊冯娜的,"雅克说,"当时我打算开车来布琼布拉,正好在出城时遇上了她。"

雅克不敢去看妈妈。他好像怕会惹妈妈生气。他开口是想打破尴尬的气氛,同时也没忘了一满杯又一满杯地灌下威士忌酒。炎热的天气让雅克的额头上很快冒出大粒大粒的汗珠。他用一块厚厚的布手帕擦了擦脸。

"布卡武在平常的日子里已经够乱糟糟的了,可现在,你完全不敢相信自己的眼睛,米歇尔,那里的情况远远超过人们的想象。人间地狱。每一平方厘米都堆积着苦难。成千上万的难民挤满了街道!让人根本透不过气来。人行道上没有一块地方是空的。而且难民的人数还在源源不断地增加,每天都要多出几千人。这真是一次大逃亡。整个卢旺达的人都在向我们涌来,两百万的妇女、儿童、老人、山羊、民兵、从前的军官、部长、银行家、神父、残疾人、无辜的人、罪犯,数都数不过来……总之就是整个人类能承载的所有小人物和大混蛋都来了。他们丢下吃腐肉的狗、缺胳膊断腿的牛还有躺在山谷里的那一百万死人,来到我们这里传播饥饿和霍乱。真该问问基伍打算怎么收拾这该死的烂摊子!"

普罗多为妈妈端来土豆泥和牛肉,这时阿娜提了一个大家都想知道的问题:

"你找到欧塞比姨妈还有表姐表哥他们了吗?"

妈妈摇了摇头。我们紧张地盯着她的嘴唇。她什么话也没说。我很想问问妈妈找到帕西菲克了没有,但爸爸对我打了个手势,要我耐心点儿。妈妈慢慢地咀嚼她的食物,好像一个病入膏肓的老人。她的一举一动都显得疲惫不堪,她举起水杯,小口小口地吞咽着。她把面包芯拿在手里搓揉,把揉出的小球一个个有序地摆在盘子前。她连一眼都没有看我们,完全沉浸在食物的世界里了。等她大声地打了个饱嗝,所有人都停下手中的活儿,目不转睛地看着她,包括刚开始收拾桌子的普罗多。妈妈好像什么都没注意到,她喝了口水,接着又狼吞虎咽地吃起一块面包来。这种举止、这种姿态,这不可能是妈妈……爸爸想和她说点儿什么,但又不知道该怎么说,才不会太唐突。最后,是妈妈替他解了围。她自说自话地用平静缓慢的语调,讲起自己的经历,那模样就像小时候替我讲睡前故事一样:

"我是七月五号到的基加利。卢旺达爱国阵线刚刚解放了这座城市。公路两边,数不尽的尸体躺在地上。偶尔传来一两声零星的枪声。那是卢旺达爱国阵线的士兵在射杀野狗,三个月来它们早就习惯了吃人肉。侥幸活下来的人目光空洞地在街上游走。我找到欧塞比家的大门。门打开着。踏进院子的那一刻，我很想掉头就走，那里的气味太难闻了。但我还是鼓足勇气继续往前走。客厅里，三个孩子躺在地上。第四具尸体是在走廊上找到的，那是克里斯蒂安。我认出了他，因为他还穿着喀麦隆足球队的队服。我四处寻找欧塞比。没有任何踪迹。整个街区找不到一个人来帮忙。只剩下我一个活人。我只能靠自己的力量把孩子们埋在花园里。我在那里又待了一星期。我对自己说，欧塞比一定会回来的。可是等来等去，都等不到她来，最后我决定先去找帕西菲克。我知道他肯定先去了吉塔拉马找让娜。然而等我赶到那里时，让娜的家早已被洗劫一空，根本没有她和家人的踪迹。第二天，卢旺达爱国阵线的一个士兵告诉我，帕西菲克在监狱里。我立即赶过去，但他们不让我见他。接下去的三天，我每天都去监狱门口等着。到了第四天的早晨，一个警卫把我领到监狱后头靠近香蕉园的足球场上。那里由卢旺达爱国阵线的士兵看守。帕西菲克就在那里，躺在草地上。他刚刚被枪决了。警卫告诉我，帕西菲克刚到吉塔拉马，就发现他妻子和全家人都被杀死在自家的院子里。侥幸逃过一劫的图西族邻居告诉他，是一群胡图人杀死了让娜全家，他们现在还在城里。帕西菲克在市中心的广场上找到了他们。其中一个男人的头上正戴着让娜爸爸的帽子。还有一个女人穿着一条印有花朵图案的连衣裙，那是帕西菲克送给让娜的新婚礼物。我的弟弟觉得自己快疯了。他冲那四个人射光了枪膛里的所有子弹。然后，他很快就被移交给军事法庭，并被判处了死刑。

我在布塔雷见到了外婆和罗萨莉，我对她们撒了谎。我说帕西菲克在战斗中牺牲了，为了祖国，为了我们，为了重返家园而牺牲了。她们不能接受帕西菲克是被自己人杀死的。一个从扎伊尔回来的熟人告诉我，她好像在靠近布卡武的一个难民营见过欧塞比。于是我又上了路，花了一个月的时间找她。我不停地走，越走越远。我在难民营间流浪。我好多次被人发现是图西人，差点儿就没命了。最后也不知道是哪里来的奇迹，雅克在路边认出了我，现在我已经不再指望能找到欧塞比了。"

说到这里，妈妈不再说话。爸爸闭上双眼，脑袋向后倒去，阿娜躲在他的怀里哽咽起来。雅克又给自己倒了一大杯威士忌。他低声咕哝道："非洲，真是个烂摊子！"

我跑开了，我把自己关进了房间。

25

我打着赤脚,在死胡同里到处走,结果回来的时候发现脚掌被穿皮潜蚤咬了一口。普罗多拿来一个小凳子,让我把脚搁在上面,多纳蒂安点起打火机,把一根针的针尖烤透,然后对我说:

"你不会哭吧,加比?"

"不,现在的加布里耶先生是个男子汉啦!"普罗多说了句善意的玩笑话。

"轻点儿,多纳蒂安!"看着烧红的针尖离自己越来越近,我忍不住大喊起来。

多纳蒂安用针一挑,潜蚤就被挑了出来。的确很疼,不过还在可以忍受的范围内。

"瞧瞧这小虫子的个头!我替你上点儿消炎药,你还得向我保证,以后再也不打赤脚乱跑了。就算是在家里也不行!"

多纳蒂安拿杀菌药轻轻往我脚上敷了一会儿,普罗多又仔细检查一番,确保我没有染上别的跳蚤。我呆呆地望着这两个大男人像母亲般细心地照顾我。战争已经把他们居住的街区蹂躏得不成样子,但他们还是几乎每天来我家干活,丝毫不曾流露出一点儿恐惧或焦虑。

"军队真的就在你们家附近,在卡蒙日区杀了人吗?"我问道。

多纳蒂安轻轻地把我的脚放在凳子上。普罗多在他身边坐下,抱着双臂,打量起在天上盘旋的黑色老鹰。多纳蒂安懒洋洋地说:

"是的,这是真的。卡蒙日是这座城市的暴力核心。每天夜里,我们都睡在烧焦的木头上,看到这个国家的上空升腾起熊熊烈焰。猛烈的火焰甚至遮住了我们最爱的星光。每当早晨来临,我们惊讶地发现自己居然还活着,还能听到公鸡打鸣,还能看到太阳照在山丘上。我为了逃离我们那可怜的村子,离开了祖祖辈辈生活的扎伊尔,这行为是不够男人。但我在布琼布拉找到了属于自己的幸福角落,这座城市成了我的城市。我在卡蒙日度过了一生中最美好的时光,可惜那时的我并不这么想。我只想着以后的日子,只想着明天一定会比昨天更好。幸福只有在后视镜里才看得到。以后的日子?瞧瞧吧。它来了呢。扼杀希望,粉碎梦想,前途渺茫。我为大家祈祷过,加比,我无数次竭尽全力地祈祷。我祈祷得越多,被上帝抛弃得越厉害,可我也越相信他的力量。上帝正在考验我们,他要我们向他证明,我们从未怀疑过他。他似乎是在告诉我们,最伟大的爱就是信任。即使我们和凶手同处一片天空下,我们也不应该怀疑事物的美好。如果公鸡的鸣叫、山顶的阳光并不能让你觉得惊喜,如果你不再相信灵魂是善良的,那么你就放弃了战斗,就等于已经死了。"

"明天,太阳还会升起,我们继续努力。"普罗多做了个总结。

我们三个人都不再开口,各自陷入了沉思,就在这时候,吉诺来了。

"加比,快过来!我给你看个东西。"

吉诺的样子好像打了鸡血。他一把抽掉我的凳子,拉起我就跑。我什么都没问,一瘸一拐地努力跟上他的脚步。我用尽全力爬上死胡同的陡坡,上气不接下气地来到吉诺家门前。弗朗西斯和阿尔芒正坐在厨房的桌子旁。吉诺向冰箱走去。我们听到客厅里传来吉诺爸爸的打字声。

"来吧,就是现在,把冷柜打开。"吉诺看着我和阿尔芒说道。

很显然,弗朗西斯知道吉诺葫芦里卖的是什么药,他看着吉诺,一副心知肚明的样子,这让我害怕到了顶点。阿尔芒猛地拉开冷柜的把手。我没看出那是什么。于是我就用手拿起了其中的一个。

"该死!手榴弹!"

我立即把它放回去,关上冷柜的门,退到房间的另一头。

"猜猜看两个手榴弹花了多少钱?"吉诺不等我们开口,自己先兴奋地说,"五千块!弗朗西斯认识'不败会'里的一个家伙。他跟对方说我们也得保卫自己的街区,于是那家伙给了我们一个友情价。换了是别人,起码得贵两倍。"

"妈的,吉诺,你把该死的手榴弹放在冰箱里!"阿尔芒说,"我说你真是疯了。"

"有意见吗?"弗朗西斯一把抓住阿尔芒的衣领。

"一帮混蛋!"被吓坏了的阿尔芒颠来倒去地说,"你们买了手榴弹,把它们放在冻牛肉的旁边,你还问我有意见吗?"

"闭嘴,阿尔芒,你会把我爸爸引来的。我们去秘密基地那里说。"

吉诺从冷柜里取出手榴弹,将它们用塑料袋包好,然后我们一行人来到大众车的旁边。弗朗西斯钻进废旧的车里,拿出两个手榴弹,把它们藏在后座下面的整理箱里。他掀起座椅的时候,我看到里面还有一个望远镜。

"这玩意儿是要干什么?"我问弗朗西斯。

"我认识一个买主。只要有钱,就能买到一把卡拉什尼科夫冲锋枪。嘉贝市场里有很多二手的卖。"

"一把卡拉什尼科夫冲锋枪?"阿尔芒说,"你们怎么不说一颗伊朗原子弹?"

"我认得这个望远镜,它是伊科诺莫普洛斯夫人的东西。你是从她家偷来的?"

"别扯了,加比,"弗朗西斯说,"哪里算得上是偷,那老太婆根本不会发现,反正她那破房子里堆了那么多玩意儿。"

"你必须马上把望远镜还给伊科诺莫普洛斯夫人!"我说,"她是我的朋友,我不愿意别人偷她家的东西。"

"别扯了,"吉诺说,"你自己也偷过那个希腊老太婆家的芒果,而且还把偷来的芒果卖给她。你不也欺骗过她吗?"

"那都是以前的事儿! 再说了,芒果可不一样……"

我想拿回望远镜,但吉诺猛地把我往后一推。等我站稳身子,弗朗西斯又从后面抓住我,反剪住我的双手。

"放开我!不管怎么说,我不想再和你们一起玩了。吉诺你以为你是谁?我都快不认识你了。你知道自己在做什么吗?知道自己变成了什么样子吗?"

我的嗓音颤抖,气得放声大哭起来。吉诺也被激怒了,他回答说:

"加比,现在是战争时期。我们必须保护死胡同。如果不这样做,那别人就会把我们杀掉。你什么时候才能明白呢?你到底生活在哪个世界?"

"可我们还是孩子。没有人要我们参加战斗,去偷去抢,和别人为敌。"

"我们的敌人早就在那里了。就是那些胡图人,他们都是野蛮人,杀小孩的时候可不手软。看看他们在卢旺达对你的亲人做的事吧。我们身处的环境很危险。得学会保护自己,学会反击。要是他们闯入死胡同,你打算怎么办?送他们点儿芒果?"

"我不是胡图人,也不是图西人,"我回答说,"这些事和我没有关系。我把你们当作朋友,只是因为我喜欢你们,并不是因为你们是这个种族的人或那个种族的人。这些事,和我一点儿关系都没有!"

正当我们争吵不休的时候,远处的山谷里忽然传来一阵AMX-10装甲车扫射的声音。慢慢地,我能辨认出环绕在身边的战争五线谱上的每个音符。有几个晚上,枪声和鸟鸣或是清真寺尖塔上报祈祷时间的声音混在一起。最后,我彻底忘记了自己是谁,我开始觉得这奇怪的有声世界也很美。

26

妈妈回来后,一直住在家里。晚上,她和我们睡一个房间。我的床脚旁多了一张床垫,妈妈就睡在那上面。白天,她无所事事地坐在大露台上,眼神空洞洞的。她什么人都不想见,也没有力气再去工作。爸爸说,妈妈经历的一切,需要时间来平复。

每天早晨,妈妈起得很晚。我们能听到浴室里传来几小时几小时的水流声。然后,她走到露台上,在沙发上坐下,一动不动地盯着天花板上的胡蜂巢看。要是有人从她身边经过,她就会招呼对方来喝一杯啤酒。她不肯和我们一起吃饭。阿娜把为妈妈准备的餐盘放在她面前的小凳子上。妈妈不再吃饭,她只是小口小口地啄食。夜晚降临,她一人孤零零地在黑暗的露台上待到很晚,等我们都睡熟了,才回来睡觉。最后,我也接受了妈妈这个样子,不再在她身上寻找过去的模样。大屠杀仿佛一片黑乎乎的潮水,黏稠厚重的石油覆盖住整个海面,没淹死的人一辈子都挣脱不了。

有时候,我胳膊底下夹着成捆的书,从伊科诺莫普洛斯夫人家回来,然后就坐在妈妈身边为她读书。我想办法去找一些既不是太欢乐、也不是太悲伤的故事,希望不要让妈妈回忆起失去的美好生活,不要搅动她内心深处的伤痛泥淖。合上书的时候,妈妈向我投来的目光依旧空洞无神。我在她眼里成了一个陌生人。那空洞的眼神吓得我落荒而逃。

一天夜里,妈妈很晚才回到房间。她的脚撞到一把椅子,弄出的声音把我给惊醒了。我看到黑暗里妈妈蹒跚的身影。她摸索着走到阿娜身边,然后站在床边,俯身轻轻地对妹妹说:

"阿娜?"

"我在呢,妈妈。"

"你睡了吗,亲爱的?"

"是的,我睡了……"

妈妈的嗓音好像喝醉了似的透着一股慵懒的劲儿。

"我爱你,我的宝贝,你知道吗?"

"我知道呢,妈妈。我也爱你。"

"我在那里的时候,很想你。我常常想到你,我的小心肝。"

"我也是,妈妈,我也很想你。"

"那你的表姐妹呢,你想她们吗?她们对你那么好,还陪你一起玩。"

"嗯,我也想她们。"

"很好,很好……"

一阵短暂的沉默过后,妈妈又说:

"你还记得你的表姐妹们?"

"记得。"

"我走进欧塞比的家里,最先看到的就是她们。她们躺在客厅的地上。三个月了。你知道放了三个月的尸体像什么吗,我的宝贝?"

"……"

"不成人形。只剩下一堆腐肉。我想把她们抱起来,可我做不到,她们从我的指间滑落。我把她们拾起来。一点一点地拾起来。现在她们躺在花园里,你们以前很喜欢在那里玩耍。就在竖着秋千的草坪底下。你还记得吗?回答我呀。告诉我你还记得她们。告诉我。"

"是的,我还记得。"

"可是家里的地上从此就印上了四个斑点。大块大块的斑点,就在他们躺了三个月的地方。我用水和海绵,擦啊,擦啊,擦啊。可是,就是擦不掉这斑点。家里的水不够用。我就去外面找水。挨家挨户地去找。我真不该走进那些人的家里。那里的东西人们一辈子都不该看到。可是我需要水,我只能这么做。最后终于灌满了一桶水,我回到家里,继续擦地。我用指甲狠狠地去刮地面,可是他们的皮肤和血液早已沁入水泥地。我身上全是他们的味道。这味道一辈子都洗不掉。我拼命地洗,可是没有用,我太脏了,我身上全是死亡的味道。客厅里的三个斑点,是克里斯泰勒、克里斯蒂安娜还有克里斯蒂娜。走廊上的那个斑点是克里斯蒂安。我必须在欧塞比回来之前把他们的印迹擦洗干净。因为你懂的,我的小宝贝,做母亲的绝不能接受在家里看到孩子的鲜血。于是我拼命擦啊，擦啊，我拼命擦着这些永远擦不掉的斑点。它们永远地嵌在水泥地上，嵌在石头里，它们……我爱你，我的宝贝……"

妈妈在阿娜的床头俯下身，气喘吁吁、轻声细气地讲着这个长长的恐怖故事。我把枕头紧紧地压在脑袋上。我不想知道。我什么都不想听。我想钻进老鼠洞，想在地下巢穴里找个藏身之所，想保护自己在死胡同里的一方小天地免受外界打扰，想沉浸在美好的回忆里，想住在温柔的小说世界里，想生活在书的深处。

第二天早晨，当第一缕阳光来敲打玻璃窗，还不到六点，但是滚滚的热浪已相当可怕。这预示着当天一定会有一场大雨。我睁开双眼，看到妈妈躺在阿娜的床垫上，呼吸沉重地睡着了。她的双脚一直伸到床外，身上还穿着那件褐色的衬衣，腰间套着没有洗过的长裙。我晃了晃阿娜，把她叫醒。她看起来很疲倦。我们挣扎着收拾好东西，准备去学校。谁都没有说话。我假装没听到前一晚她们的谈话。妈妈一直睡着，是爸爸开车送我们去学校的。

回来的时候，我看到妈妈坐在露台上。眼睛直愣愣地盯着那个胡蜂巢。她双眼通红，披头散发。面前的凳子上有一杯啤酒，正咕噜咕噜地冒着气泡。我和她打了个招呼，不等听到回答，就走开了。

那天，我们的晚饭吃得比平时早一点儿。天色越来越可怕。空气里浸透了潮湿的水汽。热浪令人难以忍受。爸爸和我脱掉上衣。我在餐桌的汤碗旁,打死一只只喝饱鲜血的蚊子。屋顶上传来蝙蝠成群飞过的声响。它们离开了市中心的木棉树,正打算去坦噶尼喀湖畔的番木瓜树上度过一个饕餮之夜。阿娜轻轻摇晃着脑袋,站着就睡着了,前一天她没怎么睡觉,她累坏了。透过客厅的玻璃门,我看到黑暗中妈妈悲伤的侧影,她一动不动地躺在露台的沙发上。

"加比,去把外面的灯点亮。"爸爸说。

爸爸偶尔流露出对妈妈的关心,让我觉得欣慰。他一直爱着妈妈。我按下开关,亮光很快地闪了一下,接着照亮了妈妈的脸庞。面无表情。

夜晚的暴风雨已经来了,瓢泼大雨叮叮咚咚地敲打在屋顶上。死胡同里坑坑洼洼的小路很快变成一片巨大的沼泽。积水吞没了排水沟。一道道闪电划破天空,照亮了房间,勾勒出妈妈俯身在阿娜床边的身影。妈妈又把阿娜弄醒了,又讲起那个斑点的故事。她的声音又瘆人,又低沉。呼吸里散发出酒的气味,那气味穿过整个房间,一直传到我的鼻子底下。每当阿娜没有回答,妈妈就用力抓住她的身体使劲儿晃,晃完又在她耳边用温柔的语气,结结巴巴地道歉。屋外,一群飞蚁从地下爬出来,狂热地围着白色的灯光打转。

我们还活着。他们却已经死了。一想到这里,妈妈就无法忍受。有人在的时候,她的情况会好一些。我不怪她,只是很替阿娜担心。从那以后,每天夜里,妈妈都要阿娜和她一起重温噩梦。我必须拯救阿娜,拯救我们。我希望妈妈能离开,别再打扰我们,别再用她的可怕经历折磨我们,让我们仍旧保留梦想的能力,保留对生活的希望。我不明白为什么我们也必须经受痛苦。

我去找了爸爸,把妈妈的事告诉他。我撒了谎,把妈妈干的事说得夸张了些,我想让爸爸行动起来。爸爸听完气坏了,他去找妈妈的时候,情绪很激动。他们之间的争吵很快升级。妈妈又露出一副咄咄逼人的模样,我们原以为她不会这样了。妈妈像个泼妇似的手舞足蹈,嘴角挂着唾沫星子,瞪大双眼,眼球突出。她口不择言,胡说八道,用各种话骂我们,说法国人是大屠杀的始作俑者。然后她快步冲向阿娜,用双手抓住她,像摇晃一棵棕榈树似的用力晃她。

"你不爱妈妈了!你居然更喜欢这两个法国人,这两个杀害你家人的凶手!"

爸爸想把阿娜从妈妈手中夺回来。阿娜吓坏了。妈妈的指甲抓破了她的皮肤,深深地扎进肉里。

"帮帮我,加比!"爸爸大喊道。

我吓得浑身僵硬,一个指头都动不了。爸爸一点一点掰开妈妈的手指,终于帮阿娜挣脱了妈妈的束缚。这时候妈妈突然转过身,从矮桌上抓起一个烟灰缸,冲阿娜的脸上扔过去。烟灰缸把阿娜的眉骨刮破了个大口子,血一下子流了下来。家里乱哄哄地闹了好一阵子。最后,爸爸抱起阿娜,急急忙忙地开车去找大夫。我趁机偷偷溜走,躲进秘密基地的大众车里,等待夜幕降临后再回家。然而,等我回到家时,妈妈已经不见了。爸爸和雅克花了好多天,找遍布琼布拉的角角落落。为了找到妈妈,他们打电话给她的家人、朋友、医院、警察局、太平间。一无所获。一想到之前是我想要妈妈走,我就感到深深的负罪感。我是个懦夫,还是个自私自利的家伙。我把自己的幸福当作堡垒,把自己的天真当作礼拜堂。我希望在妈妈冒着生命危险,前往地狱之门寻找亲人之际,自己的生活仍能不受影响。为了阿娜和我,妈妈也会这么做的。毫不犹豫地这么做。我知道。我爱她。可是现在,她带着伤痛一走了之,却在我们的心上撕开了个大口子。

27

亲爱的克里斯蒂安:

我等你复活节的时候来。床铺已经替你准备好了,就在我的床边。我还把一些球星的照片也钉在床头。我整理好自己的柜子,替你腾出放衣服还有足球的地方。我已经准备好迎接你了。

可你不会来了。

我还有好多话没有和你说。比如说,我记得自己还没有和你说过萝拉的事。她是我的未婚妻。她还不知道这件事。我正准备找机会向她求婚。我很快就会求婚的。一旦局势恢复和平。我和萝拉写信联系。那种飞机寄的航空信。信在欧洲大陆和非洲大陆间旅行。这是我第一次爱上一个姑娘。一种很奇怪的感觉。好像肚子在发烧。我不敢和小伙伴们说起这件事,他们一定会取笑我的。他们会说我爱的只是个看不见摸不着的影子。因为我还没见过萝拉。可是不用见到她,我就知道自己爱她。对我来说,能写写信就已经足够。

我没能早点儿给你写信。这段时间,当个孩子真是太忙了。我的小伙伴让我很担心。他们一天天地离我越来越远。他们为了大人们的事情争吵,自己给自己树敌,自己给自己找打仗的理由。现在,我有些懂了爸爸为什么不让我们,也就是阿娜和我掺和政治。爸爸看起来很疲倦。我发现他总是心不在焉。他和我们越来越疏远。他替自己铸造了一副厚厚的铁铠甲,想要抵挡扑向他的恶意。可是我知道他在心底,还是很柔软的,就像成熟的番石榴果。

妈妈再也没能从你们那里回来。她把自己的魂丢在你家的花园里了。她的心碎了。她疯了,就像这个夺走你的世界一样,疯了。

我没能早点儿给你写信。我听到好多声音告诉我好多事……我的收音机告诉我,你支持的尼日利亚队赢得了非洲杯的冠军。我的曾外祖母说,只要我们不忘记自己所爱的人,他们就不会死去。我的爸爸说,等有一天人类不再制造战争,热带地区就会下雪。伊科诺莫普洛斯夫人说,言语比现实更真实。我的生物课老师说,地球是圆的。我的小伙伴们说,必须选边站。我的妈妈说,你穿着你最爱的足球队服,永远地睡着了。

可是你呢,克里斯蒂安,你永远都不会和我说话了。

加比

28

阿娜趴在露台的方砖地上,用笔画出着火的城市、带武器的士兵、染血的砍刀、撕破的旗帜,她的毡垫和彩色铅笔随意地散落在身边。空气中飘来一阵煎饼的香味。普罗多把收音机开到最大音量,一边听广播,一边忙着做饭。小狗躺在我的脚边安静地睡着了。它一会儿睡一会儿醒,醒来就把脚掌放进嘴里轻轻地乱咬一气。绿头苍蝇围着它的脸嗡嗡打转。我坐在妈妈过去最喜欢的位置上,开始读从伊科诺莫普洛斯夫人那里借来的书,《孩子与河》。忽然我听到大门的铁链子一下子被拉开了。我站起身,只见五个男人走上院子里的小路。其中一个还背着一把卡拉什尼科夫冲锋枪。那人命令我们从家里出来。他抬起枪口,发号施令。普罗多举起了双手,阿娜和我照着他的样子做。那些人命令我们把手放到脑袋后面,然后跪下。

"老板人呢?"那个背着卡拉什尼科夫冲锋枪的男人问道。

"他去北边了,要过几天才回来。"普罗多说。

他们仔细地打量了我们一番。他们的年纪都不大。其中有几个看起来很面熟。我应该是在报亭附近见过他们。

"那你呢,胡图人,你住在哪里?"那男人继续问普罗多。

"这一个月来,我就住在这个院子里,"普罗多说,"局势不太稳定,我已经把家人都送回了扎伊尔。现在,我自己就睡在这里。"

他指了指花园深处的铁皮小屋子。

"我们不想看到胡图人出现在这个街区,"背着卡拉什尼科夫冲锋枪的男人说,"懂吗？你可以白天在这里干活,但晚上必须回自己家去。"

"长官,我没法回去,我家的房子已经被烧了。"

"别抱怨了。你能活着,运气就算是很好了。你那法国老板,和所有法国人一样,对胡图人太偏心了。但这里不是卢旺达,还轮不到胡图人说话。这里现在由我们说了算。"

说完,那人冲普罗多走去,把枪筒直接塞进了他的嘴里。

"等这周结束,你要是还不离开,就等着被我们收拾吧。至于你们俩,去告诉你们的爸爸,我们不想在布隆迪见到你们这些法国人。因为你们在卢旺达杀了我们的人。"

那人冲我们吐了口痰,然后才把枪筒从普罗多的嘴里拿出来。接着,他冲其他人点了一下头,他们就一窝蜂地离开了院子。我们又等了好久,才敢站起身。我们在房前的台阶上坐下。普罗多什么话都没说。他用沮丧的目光直愣愣地盯着地面。阿娜好像什么事都没发生一样,继续画着画。过了一会儿,她抬起头问我:

"加比,妈妈为什么说是我们杀死了卢旺达的亲人？"

我不知道该怎么回答我的小妹妹。我无法解释一些人的死,也无法解释另一些人的仇恨。战争,也许本来就是一桩弄不明白的事情。

有时，我会想起萝拉，我很想给她写信，可还是放弃了。我不知道该和她说些什么，一切看起来都是那么混乱。我在等待局势能稍稍好转，这样我就能给她写一封长长的信，像过去一样逗她开心。但是现在，这个国家就像一个幽灵，拖着舌头，走在尖锐的碎石上。人们已经接受了自己随时随地会死。死亡不再是一种遥远且抽象的事物。它拥有了日常生活最平庸的面貌。带着这种觉悟生活，才能保护自己的童年不受蹂躏。

布琼布拉的死城行动越搞越大。从清晨到黄昏，街区内回荡着从不停歇的爆炸声。大火血红色的亮光映红了黑夜，山丘上升腾起滚滚浓烟。人们对爆炸声和自动式武器的扫射声已经习以为常，甚至不再费力搬去走廊上睡。从躺在床上的角度，可以欣赏到子弹划破天际的画面。换个时间，换个地点，我会以为自己看到的是流星。

我发觉寂静比枪声更令人焦虑。寂静孕育着冷兵器制造的暴行，煽动悄无声息的夜间入侵。恐惧在我的骨髓里蜷缩成一团，它永远地待在那里。我颤抖得好像一条湿淋淋的小狗冻得直哆嗦。我躲在家里闭门不出。我不敢再去死胡同里冒险。有的时候，为了去伊科诺莫普洛斯夫人家借书，我也会迅速地穿过巷子。一回到家，我立即躲进用想象力构筑的堡垒里。我躺在床上，在故事深处寻找能支撑自己生活下去的别样的真实。书籍，我的朋友，为我的生活重新点亮光明。我对自己说,战争很快就会结束,肯定会有一天,等我从书本上抬起头,下床走出房间,就能看到妈妈回来了。她穿着漂亮的大花连衣裙,把脑袋靠在爸爸的肩膀上。阿娜重新画起冒着炊烟的砖墙房子,画起花园里的果树,画起明媚的阳光。小伙伴们再次呼唤我一同去穆哈河里玩耍,我们像过去一样用香蕉树树干做木筏,在绿松石般的湖水里划船,傍晚时分去湖岸边,像孩子一样又笑又闹。

然而,一切的想象都是泡影。现实固执地牢牢束缚住我的梦想。世界和暴力一天比一天更近了。自从小伙伴们决定必须加入一边的阵营后,我们的死胡同不再如我所愿,不再是和平的避风港。即使躲进床上的堡垒也没用,小伙伴和其他所有人最后还是把我逼出了避风港。

29

城市已死。各路帮派堵住了市里的主干道。仇恨出笼。布琼布拉新的黑暗日开始了。又一个崭新的黑暗日。每个人都被要求待在家里不出门。与世隔绝。小道消息传言说,前一晚内地的胡图族叛军在一个加油站里把图西族学生活活烧死了,布琼布拉市内占区为王的图西族青年得知消息后,异常愤怒。图西族的各帮派决定,要向所有敢于出门的胡图人复仇。爸爸提前购买了可以用好几天的生活必需品。我们准备在家里度过漫长的等待时光。我去伊科诺莫普洛斯夫人家借了好多书囤着。我替自己倒上一大杯凝乳,打算躲进床上对着故事书大快朵颐,就在这时我听到吉诺轻轻地敲响了厨房门。

"你来这里干什么?"我打开门小声问,"今天你还敢出门,真是疯了!"

"别大惊小怪,加比!快跟我来,发生了件糟糕的事。"

吉诺不愿再和我多说什么,我飞快地穿上鞋。经过客厅的时候,我听见爸爸和阿娜正动画片看得哈哈大笑。我悄悄溜出门外,吉诺像一支离弦的箭似的冲了出去,我急忙追上他的脚步。我们翻墙抄近道,直接从国际中学的足球场穿过。然后我们钻过铁丝网上的破洞,跑进吉诺家的院子,穿过花园。我听到吉诺爸爸那台奥利维蒂打字机永远不停的打字声。我们跳出大门外,然后向右转,向着死胡同的深处跑去。死胡同里冷清清。我们沿着上坡一路飞奔。空无一人。我们跑过关门的报亭。然后是小酒馆。我们左转,跑进一块空地。那里长着茂盛的植被,从大路上看,大众车被遮得严严实实。

我正要打开车门,忽然一种不好的预感向我袭来,有个声音对我说还是快回家去吧,回到书里面去。可吉诺不容我细想,一把拉开车门。

阿尔芒筋疲力尽地坐在大众车布满灰尘的车座上,衣服上染着鲜血。他泣不成声,胸膛剧烈地起伏着,抽泣间还发出尖锐嘶哑的喘气声。吉诺眉头紧皱,牙关咬紧,鼻孔里呼哧呼哧地喘着愤怒的粗气。"昨晚,他爸爸在死胡同里中了埋伏。阿尔芒刚刚从医院回来。他爸爸伤重不治,已经过世了。"

我的双腿一阵发软,急忙用全力抓住椅座靠背。我的脑袋一阵发晕。吉诺脸色阴沉地走出大众车,在车外一个积满臭水的旧轮胎上坐下。他用双手捂住脸。我昏昏沉沉地望着抽泣的阿尔芒,他的衬衫上还沾着他爸爸的血迹。阿尔芒对他爸爸又怕又敬。现在一些人闯入死胡同杀死了他爸爸。就在我们的避风港里。我抱有的最后一点儿希望就此破灭。这个国家是个死亡陷阱。我感觉自己好像一只惊恐的小兽身处着火的丛林中。最后一道锁也被撞开了。战争已经侵入我们家中。

"是谁干的?"

阿尔芒冲我投来的目光里满是仇恨。

"当然是那些胡图人!你以为还能是谁?这次的行动他们蓄谋已久。他们拿着一篮蔬菜,在我家大门外等了我爸爸好几个小时。他们伪装成布加拉马的菜贩子。他们在我家门口,用匕首捅伤了我爸爸,然后说着笑话,平静地走了。当时我也在,我全都看见了。"

阿尔芒说着又抽泣起来。吉诺抬起头,冲大众车的车身狠狠地揍了几拳。他怒气冲冲地抓起一根铁棍,把大众车的挡风玻璃还有后视镜砸得粉碎。我看到吉诺的举动,吓得目瞪口呆。

弗朗西斯也来了,他的脸色很难看。他穿着一件图派克·夏库尔[①]式的印花衣服。他说:

"快点儿过来,他们在等我们呢。"

吉诺和阿尔芒什么话都没说,跟着弗朗西斯走了。

"我们要去哪儿?"我问道。

"我们要去保护自己的街区,加比。"阿尔芒用手背擦了擦鼻涕,回答说。

如果在平时,我一定会打退堂鼓。但是,现在战火已经烧到我们家中,它直接威胁到我们。我们和我们的家人。阿尔芒爸爸的死,让我再无选择。我已经被吉诺和弗朗西斯批评

---

① 图派克·夏库尔(1971—1996),非裔美国饶舌歌手、演员。

够了，他们怪我居然肯相信这些事与自己无关。事实证明他们是对的。死神已悄无声息地潜入了我们的死胡同。世上不再存在任何避难所。我生活在这里，生活在这座城市，生活在这个国家。我没有其他选择。于是，我和小伙伴们一同去了。

死胡同里一片沉寂。我们只听到鞋子踩在沙砾上吱吱作响。人们像躲在洞里的蛤蟆一样躲进自己家中。空气中没有一丝风。大自然万籁俱寂。路口，一辆出租车正等着我们，发动机发出巨大的轰鸣声。弗朗西斯挥了挥手，让我们都上车。出租车司机戴着一副太阳眼镜，左边的脸颊上有一块疤。他正在抽大麻。弗朗西斯和他拿拳头碰了碰，像拉斯塔法里教[①]成员那样打了个招呼。出租车慢慢开动起来。我们的车才开出不远，就在穆哈桥头停下来。那里设着街区里最重要的一个路障，由"不败会"的年轻人把持。一排装有铁蒺藜的铁丝网把道路拦成两段，铁丝网后面有几个轮胎正在烧着。黑色的滚滚浓烟阻挡了我们的视线，我们看不清桥中央发生了什么。只见一群年轻人大喊大叫着，狂热地用棒球棒和大石块砸向一个躺在地上一动不动的黑色身影。他们看上去一副乐在其中的样子。几个帮派里的混混看到我们，走了过来。弗朗西斯用昵称亲热地和他们打招呼。我认出那个背卡拉什尼科夫冲锋枪的男人，就是之前闯入我家拿枪口对准我们的人。他看到吉诺和我就说：

[①] 拉斯塔法里运动，又称拉斯塔法里教，是20世纪30年代起自牙买加兴起的黑人基督教运动。

"这两个白人来这里干什么?"

"没事的,头儿,他们和我们是一伙儿的,他们的妈妈也是图西人。"弗朗西斯说。

那人用怀疑的眼光打量了我们一番,犹豫了一会儿。然后他冲其他人做了个手势,自己爬上出租车的后座,在我们身边坐下,把那支卡拉什尼科夫冲锋枪夹在双腿间。我看到枪的弹夹上贴着尼尔森·曼德拉、马丁·路德·金还有甘地的贴纸。

"司机,开车!"那人敲了敲车门的外铁皮说道。

一个年轻人拉开拦住道路的铁丝网。沥青路面上满是石块,出租车小心翼翼地在它们之间做之字形的穿行。烧焦的塑料气味刺激着眼睛,我们忍不住咳嗽起来。当出租车从桥上躁动的人群边经过时,背卡拉什尼科夫冲锋枪的男人命令出租车司机停车。帮派混混们快活地让出一条路。我打了个寒战。在他们脚下,灼热的沥青路面上倒着濒死的阿提拉,冯·格茨先生家的那匹黑马。这里和暴风雨之夜我们看到它的身影一闪而过时,是同一个地方,现在的它摊开四肢,平躺在地上,四个蹄子都被打断,一道道血红的长疤布满全身。这群年轻人刚刚拿它发泄了一顿。黑马抬起头,冲我的方向瞧了瞧。它用仅存的那只眼睛,目不转睛地盯着我。背卡拉什尼科夫冲锋枪的男人将枪口伸出车窗,那群年轻人见状一哄而散。那人大喊一声:"巴希!够了!"紧接着就是砰的一声枪响。我吓了一大跳。阿尔芒吓得抓紧了我的短裤。出租车在这群年轻人的注视下再次发动,显然他们很失望,好容易才找到的消遣对象这么快就没了。

进入卡波多街区后,出租车转了个弯,开上一条颠簸的沿河小路。

"刚刚被杀的大使是你的父亲?"背卡拉什尼科夫冲锋枪的男人问道。

阿尔芒点了点头,但他并没有看那人。出租车开到河边居高临下的一块红土岬角上。四周长满了高大的木棉树。我们下了车。街区里的其他年轻人也在这里。我一直以为这些好家庭出身的孩子都是些听话的乖学生,可现在他们带着棍棒还有石块,全副武装。一个浑身血糊糊的男人倒在地上。染血的尘土遮住了他的脸和衣服,头顶伤口流下的鲜血凝固之后,和尘土混在一起。

那里的人管背卡拉什尼科夫冲锋枪的男人叫克拉普顿,只见他一把抓住阿尔芒的手臂,对他说:

"这个胡图人就是杀死你父亲的凶手之一。"

阿尔芒没有动。克拉普顿率先动手,狠狠地打了躺在地上的男人,其他人看样学样也动手了。拳头像雨点一样落在那人身上。吉诺和弗朗西斯在狂热情绪的驱动下,也加入了骚动的人群。正在这时候,一辆摩托车风驰电掣地驶来,车上下来两个戴头盔的男人。

"这是我们的头儿。"克拉普顿说,这群人都停下手来。

弗朗西斯向阿尔芒和我转过身,自豪地向我们宣布:

"嗨,伙计们,瞧好了,现在站在你们面前的就是'不败会'的头儿!你们没想到吧!"

摩托车上下来的乘客脱掉自己的头盔,把它交给司机。当他看到我和他的手下一起出现在这里,看到我在死城日的正午,站在一个倒地呻吟的人身边,我猜他的第一反应是不敢相信自己的眼睛。来的人是伊诺桑。他微笑起来。

"嗨,加比。真高兴看到你和我们是一伙儿的。"

我没有回答。只是站直身体,一动不动,咬紧牙关,捏紧拳头。

帮会里的年轻人把躺在地上的男人双手反绑,结结实实地捆起来。男人拼命挣扎,那群人不得不一次出动好几个人,才最终把他制服。混乱中,男人的身份证从口袋里滑落,掉在尘土里。他被人捆绑结实,抬上出租车。脸上带疤的司机从后备箱里取出一罐汽油,把它泼在车座还有引擎盖上,然后关上车门。男人惊恐地不停叫喊,乞求我们饶他一命。伊诺桑从口袋里取出一个打火机。我认出那是雅克的之宝打火机,战争爆发的前几天,在我的生日会上被人偷走了,上面还刻着鹿角。伊诺桑把点燃的打火机交给阿尔芒。

"要是你想为你父亲报仇……"

阿尔芒退了几步,脸上的表情看起来很扭曲,他摇了摇头。克拉普顿见状凑上前说:

"头儿,不如交给那个小法国佬来,正好让他表表忠心,证明自己和我们是一伙儿的。"

伊诺桑微微一笑，似乎对自己没有想到这个主意而感到惊讶。他向我走过来，手里拿着那个点燃的之宝打火机。我的太阳穴和心脏擂鼓似的猛烈跳动着。我转头看看四周，想要找人来帮忙。我在人群中看到吉诺和弗朗西斯。可当我的视线和他们相遇时，我在他们脸上看到了和其他人一样的冷漠。伊诺桑把打火机交到我手上，让我握紧。他命令我把它扔出去。出租车里的男人死命地盯住我。我的耳朵嗡嗡作响。整个世界一片嘈杂。帮会的年轻人在我身边推推搡搡，贴着我的脸大喊大叫，挥舞着拳头要打我。我听到远远传来吉诺和弗朗西斯的声音，那野兽般的叫喊，那充满狂热仇恨的声音。克拉普顿开始提起爸爸和阿娜。我在一片喊打喊杀的嘈杂声中，艰难地听出他正在威胁我。伊诺桑恼怒起来，对我说如果不这么做的话，他就会亲自去死胡同里对付我的家人。我的脑海中浮现出爸爸和阿娜安静地躺在床上看电视的样子，他们是这样无辜，和这个正挣扎着走向深渊的世界上所有无辜的人们一样。我怜悯他们，怜悯我自己，怜悯被恐惧所破坏的纯真，贪婪凶残的恐惧正把一切都变成恶意，变成仇恨，变成死亡。变成火山熔岩。我身边的一切都模糊起来，叫喊声越来越响。出租车里的男人就像一匹快死的马。如果这世上再也没有一方可以避难的净土，那么另一个世界里会有吗？

我扔出之宝打火机，出租车猛地烧了起来。巨大的火焰腾空而起，火舌舔上木棉树高高的枝丫。浓烟从树冠上一涌而出。男人的叫喊声撕裂了空气。我吐了,污物掉在鞋子上,我听到吉诺和弗朗西斯拍着我的背,对我表示祝贺。阿尔芒一直在哭。等所有人都离开这里后,他还在继续哭泣,就像蜷缩在尘土里的胎儿一样。烧焦的废车架前只剩下我们俩。四下里寂静无声,甚至可以说有些庄严肃穆。河流在下面流淌而过。夜幕快要降临。我扶着阿尔芒站起身。我们必须回家去,回到死胡同里。在离开之前,我仔细地在尘土和灰烬里搜寻。我找到了刚刚死去的男人的身份证。那个被我杀死的男人。

30

亲爱的萝拉:

我不想做什么机械师了。再没有什么可以修复,再没有什么可以拯救,再没有什么可以理解。

布琼布拉日日夜夜下着大雪。

乳白色的天空下,鸽子远飞他乡。街上的孩子们用红色、黄色、绿色的芒果装点圣诞树。农民乘着铁丝和竹子做成的雪橇,从山丘笔直地滑向平原,沿着宽阔的大街一路向下滑。坦噶尼喀湖现在是一片冰场,得了白化病的河马用它们柔软的肚皮在冰上滑行。

布琼布拉日日夜夜下着大雪。

云朵是天蓝色平原上的绵羊。医院的大楼里空空荡荡。学校和监狱里撒满石灰。广播播放着珍奇鸟类的歌声。人们挂出白旗,在棉花田里打起雪球大战。笑声四下回荡,引起山里大规模的冰糖雪崩。

布琼布拉日日夜夜下着大雪。

我背靠墓石,和年迈的罗萨莉坐在阿尔封斯和帕西菲克的墓地上,合抽一支烟。我听到他们在六英尺的冰面下,为自己还来不及爱的女人背诵情诗,为一同战死的战友哼唱友谊之歌。我口中呵出蓝色季节的水汽,化为无数白色的蝴蝶。

布琼布拉日日夜夜下着大雪。

小酒馆里的醉汉在大白天喝着陶瓷酒杯里的热牛奶。无垠的天际星辰漫布，它们像时代广场的灯饰一样眨着眼睛。结霜的鳄鱼拉着一架雪橇，后面坐着我的爸爸妈妈，他们飞过圣体般的月亮。当他们经过时，阿娜向他们扔去一把把人道主义救援给的大米。

布琼布拉日日夜夜下着大雪。我已经对你说过了吧？

一团团的雪絮轻柔地落在万物的表面，将它们永远地覆盖了。雪花用绝对的纯白浸润世界，浸透了我们象牙般的心底。这里再没有天堂，也没有地狱。明天，狗群将不再吠叫。火山将再次沉睡。人们将投出空白选票。身穿婚纱的幽灵将在街上的雾凇中消失不见。我们将永远不死。

日日夜夜，这里下着大雪。

布琼布拉洁白无瑕。

加比

31

布琼布拉的战事越来越紧。遇难的人多得惊人,布隆迪因此登上了国际新闻版的头条。

一天早晨,爸爸在弗朗西斯家门口的排水沟里,找到普罗多的尸体,他浑身都是被石块砸出的累累伤痕。吉诺说普罗多只是个仆人,他不明白我为什么要哭。军队向卡蒙日区发动进攻,多纳蒂安失踪了。他也被杀了吗?还是像别的很多人一样,头顶床垫,一手挽着包袱,一手拉着孩子,他们身处二十世纪的末尾,在非洲沿着公路和小径流淌的人潮里,好像最微不足道的蚂蚁,一个接一个地逃离了这个国家?

巴黎派来的一位官员抵达了布琼布拉,与他同时到达的还有两架飞机,打算接法国侨民回国。学校随时都有关闭的可能。爸爸为我们办理了撤离的登记手续。一个接待家庭正在那里等着我们,等着阿娜和我,就在法国的某个地方,某个距离死胡同要坐九个小时飞机的地方。在离开之前,我从大众车里取出伊科诺莫普洛斯夫人的望远镜,把它还给她。轮到我们告别时,她快步跑向书架,从一本书上撕下一页纸。那是一首诗。伊科诺莫普洛斯夫人本想把它抄给我,但没时间了。我得走了。她让我好好保存这些文字,作个纪念,她还说以后我会明白的。沉重的大门已在身后关上,但我耳边仍然回响着她的声音,还有她对我的谆谆叮嘱:别着凉,保护好自己的秘密花园,不断充实你的阅读、见识、爱情,永远不要忘记你是从哪里来的……

每当离开一个地方,我们会花时间和自己所爱的人、所爱的事物、所爱的地方一一告别。可我并不是离开了这个国家,我是逃离了它。我让身后的门敞开着,自己头也不回地逃跑了。我只记得爸爸在布琼布拉机场登机口的挥手。

我在一个没有战乱的国家生活了许多年，那里的每个城市都拥有那么多的图书馆，多得甚至没人会注意。一个像死胡同一样的国家，战争的喧嚣和世界的狂热离人们很远很远。

每当夜晚来临，童年街道的香气、午后宁静的气氛、敲打在铁皮屋顶上令人安心的雨声，就在我的记忆中一一重现。有时，我也会做梦；梦到自己重新回到那栋大房子里，就在通往鲁蒙盖的公路旁。它一点儿都没变。墙、家具、花盆，一切都原封不动地在那里。在夜里，我梦到一个消失了的国家，我听到花园里孔雀的鸣叫，听到远处清真寺尖塔上传来的报祈祷时间的声音。

每当冬季来临，我忧郁地看着楼底广场上光秃秃的栗树。我想象在它的位置上长出一棵枝叶茂密的芒果树，为广场送来清凉。我在不眠之夜里，打开藏在床底下的一个小木匣，记忆的香气扑面而来。我望着阿尔封斯和帕西菲克舅舅的照片，望着元旦那天爸爸替我和大树拍下的合影底片，望着在基巴拉森林里捡来的黑白条纹的金龟子，望着还散发出香气的萝拉的信,望着我和阿娜在草坪上捡来的一九九三年总统大选的选票,望着那张染血的身份证……我把妈妈的一缕头发缠绕在指尖,又一次读起告别那天伊科诺莫普洛斯夫人送给我的雅克·鲁曼①的诗句:"如果我们属于一个国家,如果我们在那里出生,就像俗话说的土生土长,那么它就在我们的双眼、皮肤和双手里,它的树木是我们的头发,它的土地是我们的血肉,它的岩石是我们的骨骼,它的河流是我们的血液,它的天空,它的味道,它的男人和女人们……"

我在河的两岸摇摆,我的灵魂得了病。几千公里的距离隔开了我与此前的生活。地理上的距离并不会让旅途变得漫长,让它变得漫长的只有流逝的时间。我曾属于一个地方,身边是家人和朋友,是熟悉的事物和炎热的气候。可等我重回那里,却再也见不到曾在那里居住的人们了,尽管是他们赋予这片土地以生命、实体还有血肉。我的记忆与眼前所见的事物徒劳地重叠在一起。我想,我是被自己的国家给流放了。当我再次回到那里,我突然明白我是被自己的童年给流放了。这样似乎更加残酷。

我再次回到死胡同。二十年过去了。它变了。街区里高大的树木都被砍去。白天的烈日变得难以忍受。色彩缤纷的

---

① 雅克·鲁曼(1907—1944),海地作家。

九重葛篱笆消失了，篱笆原来的位置上竖起了一道水泥砖墙，顶上插着玻璃瓶碎片还有铁蒺藜。现在的死胡同只是一条尘土飞扬、死气沉沉的走道，住在里面的居民都是些我不认识的人，他们也从不出门。只有阿尔芒还住在那里，住在死胡同尽头那栋白色墙砖的大房子里。他的妈妈和姐妹们散落在世界各地，加拿大、瑞典还有比利时。我问他为什么没跟着她们一起走，他还是像以前那么幽默，回答我说："每个人都有自己的避难所！离开的人去搞政治，留下的人只有精神病。"

现在的阿尔芒是个身材高大的年轻人，管理着一家商业银行。他有了啤酒肚，也有了责任感。我回去的那个晚上，他坚持要带我去死胡同的小酒馆。"时髦的地方以后再去，我先带你去见见这个国家最真实的一面。"那栋简陋的小房子还在老地方，门前挂的霓虹灯招牌也没有变。月亮把影子投在泥土路面上。小小的花朵在夜晚的微风中无精打采地摇曳。小酒馆接待了许多健谈的人，也接待了许多沉默无言的人，日常的琐事和幻想的破灭已经给他们好好上了一课。在和过去同样昏暗的光线下，客人们倒空了酒瓶，也倾吐了心事。我挨着阿尔芒，在一个啤酒箱上坐下。他告诉我一些有关弗朗西斯的传闻，现在的弗朗西斯是一所新教教堂的牧师。双胞胎兄弟和吉诺呢？他们应该在欧洲的某个地方，但阿尔芒没有去找。我也没有。找到他们又有什么用呢？

阿尔芒一定要我告诉他我们后来的经历，告诉他阿娜和我到达法国后的故事。我不敢抱怨生活，我想象他在我们离开后,在接下去的整整十五年的战争时光里所经历的一切。我只是有点儿尴尬地告诉他,我妹妹再也不愿有人对她提起布隆迪。我们都沉默了。我点燃一支烟。转瞬即逝的红色火光照亮了我们的脸。这么多年过去了,我们仍在回避某些话题。比如我爸爸的死,就在我们离开后的几天,他在去布加拉马的路上,中了埋伏。我们也没有提起阿尔芒爸爸的死,以及后来发生的所有事情。有一些伤口永远不能愈合。

坐在昏暗的小酒馆里,我有一种时光倒流的感觉。客人之间聊着同样的话题,抱着同样的希望,说着同样东拉西扯的话,一切都和过去一样。他们聊起正准备进行的选举,聊起和平协议,聊起担心内战可能再一次爆发,聊起对爱情的失望,聊起一路飞涨的糖价和油价。唯一新鲜的是,有时会听到一阵手机铃声,我这才意识到时代真的变了。阿尔芒打开第四瓶酒。我们在橙红色的月亮下放声大笑,我们回忆起孩提时代做的蠢事,回忆起过去的幸福时光。我原以为那个永恒的布隆迪已经消失,现在却感觉好像又把它找了回来。一种温馨的回家的感觉将我包裹住。在这片昏暗中,客人们喁喁的低声细语将我淹没,我费劲地从中辨认出一种奇怪的歌声,这声音唤醒了沉睡在我体内的昔日时光。是酒精的作用吗?我集中注意力去听。唤起记忆的声音消失了。我们又新开了几瓶啤酒。阿尔芒问我为什么要回来。我告诉他,几个月前,我在生日那天接到一通电话,说伊科诺莫普洛斯夫人走了。一个秋日的下午,她面朝爱琴海,膝盖上搁着一本小说,在午睡中吐出最后一口气。她梦到了她的兰花吗？

"我这次回来是取她留给我的好几箱子书，就在这里，在布琼布拉。"

"这么说，你是为了一堆书才回来的？"阿尔芒哈哈大笑起来。我也跟着他笑出了声，我第一次发现自己的计划竟有些荒谬。我们又聊起别的事。他向我讲了在我离开后，这里发生的政变、这个国家遭受的禁运制裁，讲了长达多年的战事、各种新贵阶层、当地的黑手党、独立媒体、雇了半个城市的人的非政府组织、遍地开花的新教教堂，还有在政治舞台上逐渐消失的种族冲突。那个声音又在我的耳边低声吟唱起来。我抓住了阿尔芒的手臂。我结结巴巴地说："你听……"我咬紧嘴唇。我浑身颤抖。阿尔芒把他的手放在我的肩膀上。"加比，我不知道该怎么和你说。我想，最好还是由你自己去发现。这些年来，她每天晚上都会来这里……"那个声音，那个来自九泉之下的声音，穿透了我的骨头。它在讲述地上那擦不掉的斑点。我推开身边的人，脚下被啤酒筐绊了一跤，我在黑暗中摸索着，走进小酒馆的深处。在房间的角落里，她正蜷缩在地上，用吸管吸吮着一瓶手工酿制的白酒。我在二十年后重新找到了她，那个难以辨认的身体看起来已有五十多岁了。我向那个老妇人弯下腰。我把打火机凑近她的脸庞，借着打火机的亮光，我感觉到她认出了我，就凭她直愣愣地盯着我看的模样。妈妈用一种无尽的温柔，轻轻地把她的手放在我的脸颊上说："是你吗，克里斯蒂安？"

我还是不知道自己这辈子要干什么。眼下我打算留在这里,照顾妈妈,等待她的情况好转。

天亮了,我想把这一切写下来。我不知道这个故事会怎样结束。但是我记得这一切是怎样开始的。

PETIT PAYS